たった一行だけの詩を、あのひとにほめられたい

歌詞とエッセイ集

豊田道倫

晶文社

ブックデザイン　山田拓矢
口絵　梅佳代
カバー・本文写真　著者

目次

contents

街

第一章

「喫茶店が好きだった」と墓標に書いて

アパートの鍵は、ズボンのポケットにいつも入れている。

危ういが、これでなくしたことはない。大阪のミナミにある喫茶店、丸福のキーホルダーをずっと使っていて、これがしっかりしているから。

これ、何年くらい使ってるかなと思ったが、結構使っているかもしれない。

多分、離婚した年からだから、もう、三、四年になるか。


丸福というのは、大阪はミナミ、千日前にある老舗の喫茶店で、正確には丸福珈琲店という。

シックでレトロな内装、濃いコーヒー、バリエーションのあるスイーツ、豊富なグッズ、丁寧な従業員。街に溢れている今っぽいカフェとは違い、現在もモダンな香りを保つ数少ないお店ではないだろうか。

寄る度に、コーヒー一、二杯でも贅沢な気分になれる。

今、パソコンで丸福珈琲店の公式サイトを見ていたら、やはり歴史は古く、創業者は初めは東京の武蔵小山の洋食レストランのオーナーシェフをしていたらしい。

武蔵小山は家の近所にある街で、急に親近感が湧く。

それから大阪の西成に丸福珈琲店を創業。戦後に今の千日前に移転。サイトには、笠置シズ子ら、当時のスター達が来店した時の写真が掲載されている。

もう、今では聞かれないような、しなやかで歯切れ良く、艶やかな大阪弁の言葉が店内を行き交っていたのだろうかと想像してしまう。


東京に出て来る前、二三歳の時と思うが、丸福のすぐ近くにあるパチンコ屋でアルバイトしていた。

アルバイトニュースで見つけて、朝九時から夕方五時までの勤務で、時給は一〇〇〇円だった。

それまでパチンコをしたことが全くなかったので戸惑ったが、今思えば色々なものを垣間見れた。

「ミナミのパチンコ屋」というだけで、流れ者や、ヤクザっぽいひとがいるんじゃないかと初めびくびくしていたが、働いている人達は全然そんなことはなく、妙にきっちりした社員の人達で、これは後で知ったのだが、不動産会社の周辺事業でその店をやっており、多分、出向という形でそこに勤務していた。

それでも客筋はやはり様々で、強面のパチプロや怪しげなひと、不思議な格好のひとも多く、また、彼らが毎日、朝の開店時間から閉店時間まで休まずパチンコを打つ姿を見て、なんて勤勉なんだと驚いたりした。

パチンコ屋が入ってたビルの上はビジネスホテルで、その最上階に従業員の着替えの部屋があり、勤務の度にホテルを使うのは新鮮だった。

お昼の休憩時間は、すぐ近くにあるカレー屋が美味しくて、殆どそこに通った。

パチンコ屋の中年の支配人がたまにそのカレー屋に行くと、そこのひとから「おたくの新入り、毎日来てまっせ」と言われたそうで、「いっつも同じ店行っとってあきへんか」と半ば小言みたいに言われたが、それでも毎日通った。その店も今はもうない。

そこからほんのすぐ近くに丸福があり、視界には入っていたが、入ったことは一度もなかった。

パチンコ屋のバイトを辞めて、東京に出てからも、時々気になってその辺りまで足を運んだ。

ある時、パチンコ屋は妙に明るいコンビニエンスストアになっていて、上のビジネスホテルも名前が変わっていて、一瞬呆然となった。

現在は「大阪フローラルイン難波」という名前となり、二回泊まったが、やはり一階にあのパチンコ屋がなくなったのは妙に落ち着かなく、思ったより淋しい心持ちになってしまった。

それでも社員の人達の顔は、短い間しかいなかったのによく覚えている。

ある日曜日、派遣の女の子から遅刻しますと連絡があった時、支配人が「週末やし、男とおんねんやろ。チンポ、寝かせる暇ないほど吸い付いとって」と、やたらゲスな冗談を吐いた。そうかもなとこっそり思ったが、女の子が控え室に入って来た時の支配人の「おー、おはようさん」と挨拶した時の一点の曇りのない笑顔は忘れられない。


あの頃、アルバイトが終わるのは夕方五時だから、真っすぐ帰るわけでもなく、時には社員の人達と地下街の串カツ屋に寄ったりしたが、いつもひとりでミナミの街をさまよっていた。

その時、自分はどこを歩いていたのだろう。何をしようとしていたのだろうと思い返す。ただ同じところをうろうろしていて、立ち食いのうどんとおにぎりで腹を満足させていた。

まるで、ネオンの光の下でアリのように、せっせと歩くことが仕事であるかのようにひたすら動いていた。

本当に、街の喧噪の中にいたのだということしか記憶はなく、また、その喧噪は、今のミナミの喧噪とは違う音色で、自分を包んでいたことを覚えている。今よりもボリュームはあり、整備されていないカラフルなノイズが混在していて、誰も携帯電話の画面など見てなかった。ジーンズのポケットには部屋の鍵と財布だけ入っていればよかった。


普段、東京でよく会う女友達と、丸福に行ったのは去年の夏の盛りだった。鶴橋でチヂミやお好み焼きを食べて、ちょっと一服しに、ミナミへ移動した。店に入り、スポーツ新聞など見ながら、お互い向い合って座って、「喫茶店」が好きな彼女は喜んでいた。

そして、何のきっかけからそうなったかはわからないが、彼女の前の恋愛と恋人の話になり、彼女は当時の色々なことを思い出してか、急に泣き出してしまった。

周囲から「昼間っから可愛いねえちゃんを泣かして、兄ちゃん何してんねん」という冷たい視線を浴びながら、「いや、ぼくの話で泣いてるわけじゃないんですけど」と思いつつも、動揺してしまい、「だ、大丈夫？」とか言いながら、彼女にポケットティッシュを渡すのが精一杯で、何とも所在なかったが、その時の彼女の涙の美しさはこの世のものとはいえないもので、それは時々思い出してしまう。

その時に、ジーンズのポケットから丸福のキーホルダーを取り出して、彼女に「これ、ここの店のやねん」と言った記憶はあるが、彼女の反応は覚えていない。

そういえば、いつだったかライブツアー先から、スーツケースを先に東京の部屋に宅急便で送った時、直後にキーホルダーをスーツケースのポケットに入れてあったのを思い出した。

ツアーの間は鍵はしばらく使わないので、よくスーツケースや鞄にいったん保管しておくのだが、この時はそのままにしていて、でも運送会社と連絡を取って、ちょうど東京に到着した時に荷物が届くようにし、鍵も無事で、難なく部屋に入れた。

いつも何も考えずに使っている丸福のキーホルダーを、じっと見ながら、色々なことを思い出す。

こんなにポケットにも手にも手頃なサイズで、軽すぎず重すぎず、いいキーホルダーはない。

きっと、これからも街から街へと綱渡りのようにして動く時、ジーンズやチノパンや作業ズボンのポケットに入れ続けて、彼は彼の呼吸で生きて、街を眺めているることだろう。

丸福のキーホルダーを久しぶりに手に取って、眺めていると、どうでもいいことばかりが浮かんできて、少し笑った。

移動遊園地

舞台を捨てた女と　果てしない旅に出る
愛してるって口にしない　ことだけを　約束に

夏草の誘い　オリオン座のまばたき
さっきのランチも幻だって　わかってる　ふたりは行く

男は女の顔も見ずに　ひとりで何か喋ってる
女はいつものように　真っ赤な口紅を描いて

夏草の誘い　オリオン座のまばたき
さっきの言葉も嘘だって　わかってる　ふたりは行く

この町あの町で寝ても　闇の夜に抱かれ
かわることない　よろこびを　重ね続け
恋と夢と現実は　隣町の移動遊園地
明日　朝　早く　出掛けなければ

この町あの町で寝ても　闇の夜に抱かれ
かわることない　よろこびを　重ね続け
恋と夢と現実は　隣町の移動遊園地
明日　朝　早く　出掛けなければ

街の底

道頓堀はやめましょう　ひとが多いから
法善寺を抜けて　歩きましょう

おでん屋でやりたいね
おでん屋に行きましょう

味園の裏の路地で　舌を絡めた
海の底から星空へ　短い旅　抱き合ったまま
甘いお酒を飲みながら　髪と化粧と指をしる
綺麗な水を飲みながら　乳房と腰と脚をしる
しっけたクッキーかじりながら　言葉と心と嘘をしる

道頓堀はやめましょう　明るすぎるから
法善寺を抜けて　歩きましょう

うどん屋でやりたいね
わたしはかやくごはんが食べたいわ

味園の裏の安宿で　身体を絡めた
街の底から太陽へ　短い旅　抱き合ったまま

甘いお酒を飲みながら　スカートと靴と下着をしる
綺麗な水を飲みながら　まぶたとほっぺた、耳たぶをしる
しっけたクッキーかじりながら　言葉と心と涙しる

道頓堀はやめましょう　明るすぎるから
法善寺を抜けて　帰りましょう

City Lights 2001

わけのわからないまま　時は流れ
目が覚めた時　大人になっていた

街の中で　光にまみれ
大きな夢を　抱きしめていた

どんな事にも　驚かないよ
世界はすべて　のみ込むだけで
ひとりの僕は　ひとり立ち上がり
ひとりの君を　抱きしめるため

新宿

雨が降るとどうして　安心するの
雪が降るとどうして　うれしいの
どこかでお茶でも飲もうか　どこかでごはん食べようか

サイレンの音がどうして　安心するの
叫び声がどうして　うれしいの
どこかで写真を撮ろうか　どこかで遊んでいこうか

この街に吹く風がずっと好きだった
この街に流れる歌がずっと好きだった

自分は男だとしった　君といてしった
君は女だとわかった　時間が経ってわかった
どこかで酒でものもうか　どこかでキスでもしようか

この街に吹く風がずっと好きだった
この街に流れる風がずっと好きだった
この街に吹く風がずっと好きだった
この街に流れる歌がずっと好きだった

あの汚くなった靴をあの子はひとりで買ったのだろうか

ちょっとだけ喋った
夜の街
名前も覚えてないあの子の
胸は大きかった

悪い男に
金を吸い取られても
目の大きなあの子は
きっと変わらないんだろうね

ふっと思い出したのは
あの子の足下
ピンク色だったみたいなスニーカー
黒ずんでいた　あの子の

あの汚くなった靴をあの子はひとりで買ったのだろうか
買った頃あの靴は綺麗にピカピカ光っていたのだろうか

道ばたにうずくまり
こっちは振り向かないで
悪い男を呼んでいた
ずっと電話していた

ふっと思いだしたのは
あの子のカバン
ピンクのルイ・ヴィトン
道ばたに放り出され

あの汚くなった鞄をあの子はひとりで買ったのだろうか
買った頃あの鞄は綺麗にピカピカ光っていたのだろうか

あの子の横にいた男は本当に悪いやつなのだろうか
やさしくなれない僕よりも本当はやさしい男ではないだろうか

この汚くなった心を僕はひとりで買ったのだろうか
買った頃この心は本当に何ンもなかったのだろうか
あの綺麗だった心を僕は誰かに売ったのだろうか
売った頃あの心は綺麗にピカピカ光っていたのだろうか

「移動遊園地」from『ROCK'N'ROLL 1500』[1995]
「街の底」from『バイブル』[2010]
「City Lights 2001」from『実験の夜、発見の朝』[1998]
「新宿」from『東京の恋人』[2005]
「あの汚くなった靴をあの子はひとりで買ったのだろうか」from『SING A SONG』[2004]

第二章

生活

パンをくわえて、自転車で走った朝

就職をしたことが一度だけあって、二二歳の頃だったと思う。

大学を中退して、バイトを幾つかやって、まるで先の展望はなかったが、音楽は家で録音していて、自分でＣＤをとにかく作りたくて、家から何駅かの十三の職安に飛び込んで、一番初めに紹介された工場に面接に行ってそのまま採用されて、そこに勤めることになった。

もう二〇年程前のことだが、面接をしてくれた社員の方が穏やかで優しいひとだったことは今でも妙に鮮やかに覚えている。

給料はバイトと変わらないくらいだったが、一応ボーナスもあって、ちょっとずつ金貯めればＣＤ作れるかなと漠然と思っていた。当時は今とは違いプレス代は高かった。

そして、家から自転車で一五分程の工場に勤め始めたが、自分の配属された行程は手にもの凄い負担をかける作業で、一、二日で手が腫れてきた。会社全体としては穏やかな雰囲気だったが、その行程の親方だけ厳しくて、周りのパートのおばさんらからもちょっと煙たがれているような感じだった。

休憩時間は男性らはサッカーをしていたが、交わることなく、照明を切った薄暗い工場の隅で段ボールを敷いて昼寝した。何人か同じように寝ているひとはいた。

昼休み、コンビニで雑誌を立ち読みして、作業着のまま工場へ戻る時、たまたま近くの大学の卒業式があり、高校の同級生にバッタリ会ったが、特に恥ずかしいとは思わなかった。

時代のせいもあったかもしれない。ちょうどバブルが弾けている真っ最中で、大学を中退して、小さな町工場で働いていても、それが暗い要因にはたいしてならなかった。もちろん、世間知らずの自分のお気楽な性格もあるけれど。

当時住んでいた廃墟のようなマンションの前に自転車を置いていたのだが、本当に一ヶ月に一度は盗まれる。幸か不幸か、そのマンションの隣に中古自転車があり、盗まれても、朝に一万円で中古自転車を買って、コンビニでパンを買って、パンをくわえながら自転車で走って工場へ向かっていた。そんな日々だった。

就職ってこんなもんかと呑気に勤めるはずが、やはり、手の負担がなかなか辛くて、ギターも弾きにくくなり、根性のない自分は三ヶ月持たずに辞めてしまった。

今のところ生涯でたった一度の就職だが、その工場を辞めてからライブハウスに出させてもらうようになった。色々なひととの出会いがあり、東京へ行くことになり、ＣＤを出せて、音楽事務所と契約し、メジャーデビューも果たせた。

結局今までで二〇枚程のアルバムを出させてもらった。確かに、あの就職していた頃は若いにもかかわらず、生涯で一枚でもいいからアルバムを出したい、自分で働いて出したい、と思っていたので、こんなに何枚も出せることが自分の身に起こるとは想像もしなかった。

音楽の稼ぎや、バイトや、借金や、諸々で、綱渡りで生活してきて、クレジットカードは作れない身分だが、大病や事故や事件に巻き込まれることなどはなく、自分のあやふやで曖昧な生活でも、何か独自の規律があってここまできたのかなと思わなくもない。

目に見えて破綻したり、亡くなったひとも周りにいた。悲しい運命を辿ったひとは、時代がもの凄いスピードで移り変わるのに耐えられなかったりしたのかもしれない。そんなふうに自分が不遜に言える立場ではないのだが。

いや、自分も「悲しい」と思われていたのかもしれないし、今も誰かに思われてると思う。

もう一〇年程前のことだが、何人かの友人らとお茶の水で飲んでいたことがあった。

若い友人にふいに、「豊田さんは彼女がいても幸せそうに見えないんですけど」と言われ、今思えば何でかなと思うくらい自分はその友人に激怒して、周りからたしなめられたりした。

今なら「そやなあ」と受け流せると思うのだが、何であの時あんなに自分は怒ったのだろう。ひどく傷ついたのは、自分でも不覚だった。

それなりに音楽活動も活発な時期だったと思うが、自分の生活に何か後ろめたさみたいなものがあったのかもしれない。

未だに、これからどうやって生きよう、今月どうやってしのごう、家賃の遅れ、どうやって大家さんに言い訳しよう、などと、そんなことばかり考えている。

時々、思う。

二二歳の時、就職していた町工場にずっといたら、今頃どうなっていたのだろう。今よりよほど、慎ましくも安定した生活、幸せがあったのではないかと。

思い出すのは、月末の給料日のことで、その日は就業後に社員全員広い部屋に集まり、そこで社長が、学校の校長先生のようなつまらない話を延々として、最後に社員に給料を手渡しするという儀式があった。初めて出席した時、周りの誰かが「人生幸朗、始まんで」と教えてくれた。

その部屋に集合して、思い思いの席に座り、誰かが運んでくれたお茶を啜って、社長が来るまでの時間を待つのだが、周りはみんなお喋りで狂騒となるのに、たった一人、誰とも話さず、背筋を伸ばして、ただ目をつむってる男性社員がいた。何でかっこつけて、誰とも話さず目をつむってるんだろう、暗いなと思った。

年の頃は二〇代後半から三〇にかけてだったと思うが、長身でかっこいいひとだった。彼も昼休みはサッカーには参加せず、段ボールでの昼寝組だった。

その彼と、自分が会社にいた時期か辞めた後だったかは覚えていないが、近所で自転車ですれ違ったことがある。

彼はまだ幼い子供をチャイルドシートに乗せて、嬉しそうに走っていた。

「あ、あのひとだ」と心の中で思っても、彼と言葉を交わしたこともないし、名前も知らない。向こうはこちらを気にも止めず、走り過ぎて行った。

結婚して、子供がいて、工場に勤めている彼のことを、特にいいなとか、幸せなんだろうなとかその時は思わなかったし、むしろ、自分はそういう小市民的な生活にはまるで興味がなく、犯罪でなければ何だってやってやろうと思うような精神的アウトローを気取ったガキだった。

そして、あれからあの工場と街を捨てて、東京に移り住んで、それなりに様々なことを経験したからこそ思う。

あの、給料日に会議室で社長を待ってる間、彼が目をつむって見るものは、そこからはぐれた自分には見る資格のない、明るくて、あたたかくて、幸せな生活の光景だったんだろうなと。

100
私服保安員
巡回店舗
特別

仕事

あんな仕事で　稼いだお金なんて
銀行の封筒に　入れた札束
水上バスに乗りたい　浅草で遊んでから
東京湾に出るのね　よく知らないけれど

君から電話あった時　ライブに行く前だった
ライブは勝手にすっぽかし　雷門で待ち合わせ
涙の後の君は　化粧はしないで
夜風に吹かれて川面を見つめる　綺麗だよ

結婚した姉のことを　君は嬉しそうに話す
もうすぐ子供が生まれるの　そしたら沢山遊べるの
途切れがちの言葉　喉が詰まる幸せ
ビールを買ってくるね　ちょっと待っててね

お金はあんたにあげる　私はどうせ飲んじゃうから
銀行の封筒に　ビールの泡が染みる

水上バスが好きよ　東京も大好きよ
これからどこに行くの　僕もわからない

東京で何してんねん

東京で何してる　東京で何してる
毎晩オナニーやってるよ　時々女も抱いてるよ
毎晩味噌汁飲んでるよ　時々チャーハン作ってるよ
大したことは何もない　大したやつはいなかったな

東京で何してる　東京で何してる
毎晩ＡＶ借りてるよ　時々ピンサロ行ってるよ
毎晩ごはん炊いてるよ　時々パスタも作ってるよ
いつもギター弾いてるよ　いつも歌を作ってるよ
いつもＣＤ聞いてるよ　時々ライブやってるよ

大したことは何もない　大したやつはいなかったな
東京で何してる　東京で何してる
大阪の友達が聞く　東京で何してる
東京で何してる　東京で何してる
東京で何してる　東京で何してる
東京で何してねん

町の男

職安で見つけた仕事は　障害者の手摺を作る仕事
自転車で十五分の町工場　パンをかじりながら
結局俺は三ヶ月もしないうちに　職場から逃げ出した
指を痛め　腰を痛め　親父から逃げ出した

あたりまえのことができなかった
あたりまえに生きたいと思った

町の男になれなかった
ひとりの女と子供　小さな仕事　守っていくなんて
町の男になれなかった
夢を捨て　勇気を持って　歩いていくなんて

大粒の汗を流しながら　親父はヤスリで磨く
太い指でひたすらに　扇風機は燃えている
俺は溶接に回され　喉を痛めながら働いた
パートのおばちゃんジュースをくれて　その後誘われた

あたりまえのことができなかった
あたりまえに生きたいと思った

町の男になれなかった
ひとりの女と子供　小さな仕事　守っていくなんて
町の男になれなかった
夢を捨て　勇気を持って　歩いていくなんて

町の男が俺に声掛ける
町の男に俺は殴られた
町の男に俺は泣かされた
町の男が俺から去っていく

少年はパンを買いに行く

どうして濡れているの　こんなにつめたい指なのに
テレビのリモコンはベッドから落ちた　充電器を君は
愛してる　呪文のように　おれは何度も何度も何度も口にしたけど
聞き飽きたような顔で目をこすってる　シャワーでも浴びれば

二人にあきたかも　二人にあきたかも
おなかがすいた

パンを買いに行く　夜中の道を
パンを買いに行く　君はベッドにいるね
パンを買いに行く　公園のそば
パンを買いに行く　この街が好き

どうして渇いているの　こんなに熱い唇なのに
愛してる　呪文のように　きみは何度も何度も何度も口にしたけど
映画が終わったような顔で目をこすってる　明日も仕事ないんだろ　ゴミ出ししとくよ

二人にあきたかも　二人にあきたかも
ちょっとバイバイ

パンを買いに行く　夜中の道を
パンを買いに行く　君は勝手に生きて
パンを買いに行く　星は見えない
パンを買いに行く　この街はどこ
パンを買いに行く　夜中の道を
パンを買いに行く　君はベッドにいるね
パンを買いに行く　公園のそば
パンを買いに行く　みんな生きてるね

悪い夏

亀戸の真理子から電話来たの朝方に
ボロボロ泣いてる　雨の音に混じって

暮らしてる男に出ていけと言われて
みーくん泊めてよと泣いてるけど　帰りなさい

今日一日　暑くなりそう　でも大丈夫
今日一日　誰にも会わないね　僕は

福岡の詠子から葉書届いてる
海のある所に来ています、と

匂いをかいだら　恋におちるかも
今度会えるのは秋だろうか　冬かも
今日一日　汗をかくだろう　でも大丈夫
楽しい仕事　終わりに近づいて　バイバイバイ

「仕事」from『豊田道倫』[1996]
「東京で何してんねん」from『人体実験』[2003]
「町の男」from『豊田道倫』[1996]
「少年はパンを買いに行く」from『m t v』[2013]
「悪い夏」from『ROCK DREAM』[1999]

第三章

実験

実験の夜、発見の朝［ダブ処理篇］

年中ライブをやっているつもりはないが、それでも数はそこそこ、こなしてきた。

最近は年齢と人気の低下により、数は減ってきたが、それでも月に何本か入ると、そのことだけで頭が一杯となり、正直、もっと数は絞ってもいいのかもしれないと思う。

しかし、やはりライブは楽しい。

たくさん泣かされもしたし、天を仰ぎたくなるような喜びの瞬間も、時にあった。

ライブをやっていたからこそ、色々な街にも行けた。

不思議なことにさっと思い出せるのは、成功したライブ、つまりお客さんも入って、関係者からも評価され、記録媒体に残ったり、局地的ではあるが語り継がれるものより、誰も何も覚えてないような、いや、覚えていても、一〇人いたかいないかのような、お客さんの少なかったライブや、大変だった時のことが多い。

岡山で演奏した時、お客さんが三人だったことがある。演奏中は客席は真っ暗でよく見えず、またこのライブハウスは音響も良く、気持ちよくやれた。ただ、終わって体調が急に悪化して、翌日名古屋でのライブだったので、一緒にツアーをしていたクルーにお先にと言って、すぐ新幹線に飛び乗って名古屋へ向かって、先にホテルで休んだ。

確か、この時は一〇日間連続ツアーだった。身体は疲れが溜まっていただけで、休んだらすぐによくなった。そう、まだ若かったんだ。

そして翌日の名古屋のライブ会場で、昨日はお客三人だったよと言われ、えー、わかんなかったわあと呑気に笑っていた。

札幌のススキノでやった時も、五、六人だった。

いや、この時は初め五、六人だったが、途中からライブと全然関係ない作業服を着た男性グループが入って来て、少し店が賑わった。

雑居ビルの何階かにある店で、一番前に座っていた女性の脚が綺麗だったのを覚えているが、それは、ひょっとしたら幻だったかもしれない。

それでも、演奏中に店の窓から見えるススキノの夜景は、磨りガラスでぼやけていたのだが、とてもロマンチックに目に映って、演奏しながらわずかに酔いしれたのは、鮮やかな記憶として確かにある。

札幌なのに、店のマスターが泡盛を飲んでいたことも。


何年か前までは、時々オールナイトライブをやっていた。

新宿駅南口の小さな店で、二四時半に開場して、二五時開演。朝の五時まで演奏した。

時々友人にゲストに来てもらったが、基本自分ひとりの演奏で、多い時で四〇曲ほど歌ったと思う。

なんであんなことやってたんだろうと、今になってふと思ったが、オールナイトライブは好評だったのかはわからないけど、概ね盛況だった。

普段の時間より大分遅い入りで、セッティングを終えて、さて、お客さん入って来るのだろうか、終電がそろそろ終わる時間なのに、と思っていると、わらわらと集まってきてくれる。

それで演奏が始まるわけだが、必ず決まって二〇分くらいで、わ、今日無理あったわーと、一瞬倒れそうになる。多分、お客さんもそんな感じなのかもしれないが、少しずつ気を取り直して、ゆっくりゆっくり自分のペースを作っていく。

こういう時は、お客さんの反応などは気にしないようにして、ただ、自分の出す音を綺麗にしようと集中するのがよい。

二時過ぎて、三時頃になると、客席で寝ているひとも出てくるが、気にしないで、ガンガンやる。

四時頃になると、普段のライブでは生まれないような研ぎすまされた感覚で演奏が出来、もうこの頃はお客の大半が寝ているのではないかと思うが、思わぬところで拍手が起こったりもする。

そして終演の五時が近づくと、お客さんもまた起きてきて、お互い集中力が高まる。この辺りまでくると、自分はもう止まらないって感じで、妙にハイになってくるのだが、五時ジャストで終わりたいので、その調整にも入る。

そして、五時。

音が消えた瞬間、客席からの拍手。そして、みんなの満面の笑み。

やっと終わってくれたーって喜びなんだろうか、お互い解放されて、長かったオールナイトライブは幕を閉じる。

普段の自分のライブではさーっとお客さんは掃けるが、さすがに朝五時に終わって、しかも冬だったりすると、みんなすぐには店を出なくて、一緒に来てる友人達や恋人と話したり、アンケートに記入してくれたり、あたたかいコーヒーを飲んだりして、余韻を楽しんでるのかわからないが、それぞれに少し時間を潰している。

自分はもう体力の限界で、二〇分程休んで機材類を撤収するのが精一杯なのだが、友人らは、さて、打ち上げ行こうよなんて言い出してくる。

彼らは演奏中、呑気にゆっくり眠って体力は温存されているので、妙に元気で表情も清々しい。はっきりと寝起き顔のひともいる。

わいわい言いながらも、じゃあちょっとだけ行こうかとなってしまう。朝方から飲むって、変にテンション上がるし。

二四時間営業の飲み屋は、いくら新宿歌舞伎町でもそうそうない。よく行ったのは、大久保にある韓国料理屋で、そこは座敷席もあり、くつろげた。

疲労困憊のはずだが、真っすぐ家に帰る理由もなく、年末にライブをした時には、忘年会も兼ねて、朝方からまた飲んだ。

そう、オールナイトは夏にもやっているのだが、なぜか年末の時の方が記憶が濃い。一番寒い時に着ていた厚ぼったいダウンジャケットの色は忘れないように。

オールナイトライブの後によく行った韓国料理屋には、一時通っていた。新宿のライブの打ち上げは必ずと言っていいほどここでやっていた時期もあった。決して安くない店だが、大勢でいる割と手頃な料金で、色々なものを食べられて、酒はマッコリ中心だが、ほどよく酔いどれて、楽しめた。

店の雰囲気も家庭的であたたかくて、夜更けによくあるような酒の勢いでの喧嘩や揉めごとは一度もなかった。

逆に、渋谷の二四時間営業の居酒屋は年中賑わっているのだが、いつ行っても何となく不穏な感じで、朝方は揉めごとが自然に起こるような雰囲気があったし、ひどいことも何度か起こった。

そして、韓国料理屋で朝九時くらいまで飲み食いして、そこからまたファミレスでお茶を飲んだこともあった。今ではあり得ないくらい元気だった。

無茶なツアーやオールナイトライブをまたやりたいとか、恋しいと思わないでもないが、色々収支のことなど考えて、迷っているのは正直なところである。それに、夜の街に繰り出す時の楽しさが減ったのは年齢の問題だけではなく、この一、二年で急に閑散とまでは言わなくても、なんでこんなにひとがいないんだろうと思うことが、東京では確かに多いから。オールナイトライブをよくやっていた二〇〇〇年代前半、終電がなくなっても街にひとはたくさんいたし、夜中からでも遊んでやろうという陽気さがあった。

今の静かな新宿の街に、夜中からひとは集まってくれるだろうか。

確かに、一晩中歌って、朝、ボロボロになりながらも、素手で何かを得ていた。そんな機会が今ないことが自分の何かの物足りなさの一つの要因であるのは、よくわかっているのだが。

街で、夜中から歌うべき歌が、自分にはあった。

眩しい朝の光の中で、白い息を吐きながら、ずっと付いてきてくれた友人らといる喜びを噛みしめていたことを忘れてはいけない。

その朝方よく行った大久保の韓国料理屋は二四時間営業だったのが、夜中の三時までとなっていたのを、この間知った。

泥酔の夜、抱擁の朝

街の賢者は展覧会の切符や本を破り捨てていた
街の賢者は一番安い酒を道ばたで飲んでいた

街の賢者はたった3ドルのチープなコートを着ていた
街の賢者はポケットの中に小さな詩集を入れていた

誰も知らないひとの言葉を抱きしめていた

街の賢者は家族と別れたことをめったに思い出さない
街の賢者は一番安い女を道ばたで買っていた
街の賢者は女の家でスープを作って飲んでいた
街の賢者の小さな部屋にも時々女は訪れた

誰も知らないひとの頭を撫でていた

泥酔の夜、抱擁の朝

街の賢者はお金と星の行く先を知っていた
街の賢者は自分が行き倒れる道を示していた
街の賢者は友達よりも女を大事に思っていた
街の賢者と別れた女は川のほとりで暮らしていた
誰も知らないひとの心を求めていた
泥酔の夜、抱擁の朝
泥酔の夜、抱擁の朝

人体実験

悲しいね　お前の顔　言いたいことも言えなくて
逃げている　逃げている　負けることから
笑っちゃうぜ　人体実験　どこまで行けるか　楽しいか

二度と戻らない　青春の時
オレは負けるチャンスを見つけて勝つ
笑っちゃっても　人体実験　結局みんな我慢の人生　我慢の青春　我慢の時

息をしても　泣いていても　笑っても　眠っても
なめられても　くわえられても　なめても　入れても
君の顔　僕の顔　どこまでも　遠くて
愛しても　愛されても　憎んでも　憎まれても
わめいても　黙っても　暴れても　狂ったふりしても

人体実験　パーティーみたいに　どこまで行けるか　死なないための人体実験
１００％から始めよう　１００％から始まるさ
人間ってもっと　ポップ
感じたい　感じたい　感じたい
歌うから
歌うから
疑うから

期間限定結婚生活

今日は一日目　こんにちわはじめまして
お茶を飲んだりクッキー食べたり　僕は君を知る
今日は二日目　街へお出かけ
茶碗買ったり　カーペット買ったり　僕は恋を知る
今日は三日目　君は怒りだす
茶碗割ったり　風呂場壊したり　僕は女を知る
今日が最後の日　君とお別れ
握手を交わすと涙こぼれ　僕は愛を知る

おっさん＆おばはん イリュージョン　E 6段

~~19の頃 町工場でバイトしてた時の話~~

19の頃バイトしてた町工場　社長 黒い顔のおっちゃんがいた 50才位
いかにも現場の荒くれ者だけど　話がわかったいい男
月曜日は週刊朝日 後はスポーツ新聞　毎日読んでいるかのごっつ
何もはずかしくない　休憩時間お茶をのみ
オレ何も持ってないけど
彼から言った言葉が ずっとーずっと
時々パートのおばはんと手をつないで帰っていった　堂々たる不倫は国道沿いのホテル
おっちゃんはひとり者やけどおばはんは子供がいたはず 絶ー 今の世ならば 気ひく
あのババア めちゃくちゃいいぞ! めちゃくちゃ… 昼休み おっちゃんは言う
どうでもいいー　ブッバーズ節ーを 聞きながら 帰った　Aか

あれから(アッという間)に20年経った　オレもいっぱしのおっちゃんになってた
いかにも現場の流れ者だけど オレは究極のハンパ者
毎日読んでいるかのよ
月曜日は出ずっぱりで 後はスポーツに来てる
オレ何も持ってないけど 何もはずかしくない 村も二坂さ屋の向こうへー
おばはんのひざに手を置きながら言ってみた
この頃 なんかの気まぐれで おばはんと手をつないだら照れた　おばはんの手はちっこくて 浮かんでるの オレだけ
オレはひとり者だけど 甲のガキが一人いてて　おばはん子供好きや 自分も子供うみたいんか
このババア めちゃくちゃいいわー　中出ししても大丈夫
どうでもいいー　演歌二つ三つ聞きながら 帰った　A R

おっさん イリュージョン おばはんイリュージョン うそか本当
言葉という息だけで 作り上げる コンテンポラリーアート
化粧まみれ芸術の 新しいセックスがしたかっただけ

アンダーグラウンドパレス

心の闇が消えるのは　生まれた時と死ぬ時だけ
私は何のために　生きているんでしょう

ハンバーガー　コカコーラ　発泡酒　コンビニ弁当
豚キムチ　ペスカトーレ　とんかつくん　ベーグルハニー

映画のような作り話に　酔って眠れる時もある
冷たい朝に身体震え　ヨーグルトに唾を吐いたり

特攻隊　ぷらっとこだま　赤絨毯　ヤフオク負けた
電信鳩　ブラックダブ　ミナミの帝王　イエローキャブ

ボストンバッグで消え去るわ　友達二人に電話した
日当たりいい部屋好きだった　ちょっとまぶしすぎた

住民票　請求書　ＳＤカード　シカゴのギャング
コーヒーミル　ＴＳＵＴＡＹＡのカード　ハーモニカ　愛情抱っこ
アンダーグラウンドパレスへ　どっかの国へ逃げても
アンダーグラウンドパレスへ　どっかの街でも同じ場所
アンダーグラウンドパレスへ　どっかの世界へ逃げても
アンダーグラウンドパレスへ　どっかの街でも同じやつ
アンダーグラウンドパレスへ　どっかの愛に逃げても
アンダーグラウンドパレスへ　台湾料理屋のはしっこで

「泥酔の夜、抱擁の朝」from『アンダーグラウンドパレス』〔2011〕
「人体実験」from『人体実験』〔2003〕
「期間限定結婚生活」from『グッバイ大阪』〔2006〕
「おっさん&おばはんイリュージョン」【未発表作品】
「アンダーグラウンドパレス」from『アンダーグラウンドパレス』〔2011〕

第四章

友達

いつだって友達が欲しいと思ってきたけれど

ライブなんかの打ち上げの席で、割と人気のあるミュージシャンが「おれ、友達いないんですよ」と、嘘っぽいけど妙に切実な顔付きで言ったりすると、ほー、あいつもかなんて思いながら、彼は今夜どの女の子をお持ち帰りしたいんだろうなんて、座を見渡したりする。

おれって友達いないなあって思う時もあれば、結構友達はいるよなあって思う時とがあるが、冷静に考えると、友達はいる方だと思う。

子供の頃から、何となく「いい子たち」とは友達にはなりたくなかった傾向があった。

勉強が出来て、明朗で、母親も綺麗で、交流も色々活発で、みたいな友達は殆どいなくて、少し影のあるような、どちらかというとクラスでは嫌われてたりする子と仲良くなった。

それでも多少は「いい子たち」とも繋がりがあって、自分の母親と彼らの母親達が仲良くても、自分の気持ちはそっちには行かず、何でかわからないが、どこか日陰の方へ向かっていたのは一貫していたと思う。

クラスのガキ大将的な存在の子と親友になったりして、子供ながらに自分の交遊関係ってちょっと不思議だなとは感じていた。

携帯のアドレスをつらつら見ながら、そういえばいわゆる「住所録」というものを持ってないことに気づいた。まあ、今はみんなそうなのかもしれないけど。

亡くなってはいないけど、何となく、もうこのひととは会わないかもしれない、と思う「友達」がいるのに気づいた。


彼と出会ったのは、アルバイト先でだった。

衣料の倉庫で、検品、出荷の作業を一緒にやっていた。

割とのんびりした現場で、パートの主婦たち、独身の妙齢の女性、言葉が喋れない男性社員などがいたのを思い出す。当時、登録していた派遣会社から紹介されて、平日通っていた。

海の近くの現場で、お昼ご飯を食べる休憩室の窓から海が見えたのを思い出す。

彼は別の派遣会社から来ていて、年は二〇代前半だが、生意気そうな態度で、ガムを噛んでいて、いつも同じ服を着ていた。

ちょっと強面だったが、笑うと上の前歯がなく、それを恥ずかしそうに隠していた。前は会社員をやっていたと言った。


そんな彼から何となくなつかれて、一緒に仕事するのが本当に楽しかった。ふざけて検品しているブランド物の女物の帽子を被ってみたり、靴を舐めたり、まあ、ふざけていた。

自分はいつも始業時間ギリギリに会社に駆け込んでいたが、彼はいつも三〇分は早く来ていて、休憩室でゆっくりコーヒー飲むのが常だった。

現場では親しくなったが、終わって、一緒に食事に行ったりとかはなかった。自分が、そこまで仲良くなることをどこかで拒んでいたのかもしれない。音楽の方の活動もあったので、仕事が終わったら、そっちのモードにさっと切り替えたかったのかもしれない。

彼は父親がタクシーの運転手だったけど、事故で亡くなっていて、母親はすでに離婚して遠くに住んでいて、弟と住んでいる彼の部屋には弟の彼女が住み着いて居づらいから、仕事の後は王将で食事して、ゲーセンで遊んで、ネットカフェに泊まっていることが多いと話した。

「オヤジが死んで、カネは入ったんすよねー」と、一度ちらっと通帳を見せてもらったけど、その額面は全く覚えていない。多分、びっくりするような金額ではなかったと思う。

いつも始業時間ギリギリに駆け込んで、残業もあまりやらない自分は、彼に軽口程度に怒られた。

「マジメだけが取り柄なんすよ」と言って笑う彼は、いつも必ず前歯を手で隠した。


そんな彼が、ふいに現れなくなった。

一度寝坊して遅刻したことがあったが、遅刻してまでちゃんと来る彼は、若いのに偉いと思った。お金のことより、仕事に責任を持っているかのようだった。

だから無断欠勤などあり得ないのはわかっていた。なんかあったのだろうかと落ち着かなかった。

社員のひとから、彼の携帯知ってる？　と聞かれ、知らないです、と答えると少し驚かれた。そう、それくらい彼とはいつも仲良く仕事していた。

二、三日して、彼が登録してる派遣会社から連絡があり、どうやら何か事件を起こして逮捕されたらしい、と小声で教えてもらった。

彼がいない職場は、急につまらなくなってしまった。ひとりで仕事してたら、周りのパートのひとが「元気ないねー」と声を掛けてくれて、彼の話になり、「とんでもない子だったのかねー」なんて言われ、だんだんその職場がいやになってしまった。

ある日の朝、欠勤の連絡をして、決心して、電車に乗った。

彼が本当に逮捕されているなら、小菅の拘置所にいるはずで、そこで面会出来るかもしれない。

小菅は遠かったが、電車の窓から見える荒川の風景は気持ちよくて、自分が前住んでいた淀川近くを思い出した。

拘置所に入るなんてはじめてのことだが、受付で彼の名前を書いて、提出したら、簡単に面会出来ることになった。

面会に来た自分を見て、彼は驚いていたが、少し笑顔を見せてくれ、状況を話してくれた。

それから彼は実刑となり、刑務所に入った。

その頃、結婚していた自分とは文通をしていた。

彼の手紙の文面は律儀で丁寧で、今は手紙を書くことが楽しみ、と書いてあった。

よかったら切手を送って欲しい、とのことで、切手を送ってあげたりした。

出所する日、彼に会うことになった。

渋谷で久しぶりに会う彼は丸刈りで、大分精悍《せいかん》になっていた。手みやげをわざわざ持って来てくれた。

喫茶店でお茶をしている時も、彼はまだ落ち着かなくて、それからすぐ近くで友人がやっていた写真展に連れて行ったが、そこでも所在なさそうだった。

それから何度か電話かメールのやり取りをしたが、会うことはなかった。彼はすぐに彼女が出来たと思ったら別れたりしていたが、仕事はまた真面目にやっているようだった。

ある日、電話があり、久しぶりに会おうか、ということになった。

自分が音楽をやっていることを知ってる彼を、一度はライブに招待しなくてはとも思っていた。

会話の中で、彼から「最近何やってるんですか?」と言われ、「まあライブやったり、バイトもやったり」と答えると、「バイトって日払いすか?」と聞かれ、「そう、日払いだよ」と言うと、「日払いすかあ」と少し暗い声色で、何か考えるかのように言葉を吐いた。

彼は日払いバイトから抜け出せたのかな、と思って、それはそれでよかったし、会えたら今どんな仕事をしているか聞こうと思った。


待ち合わせは、駅の改札口だった。

彼はなかなか姿を現さなかった。

二〇分経ち、三〇分経ち、携帯に何度か連絡しても返答はなかった。

四〇分程待って、あきらめた。


彼はどうして約束をすっぽかしたのだろうか。

わからないが、手紙で何度も「結婚して、奥さんがいて、赤ちゃんもいるのが羨ましい」と書いてきた彼は、年上の「友達」である自分が未だに日払いバイトで食いつないでいるのを見たくなかったのではないかなと思う。

そう思っても、彼に対し、怒りの感情はまるで湧き上がらなかった。

ただ、ああ、あいつは本当に来ないんだと思い、駅の壁にもたれ、彼と働いていた時の態度の悪いガムの噛み方を真似るかのように、味のしなくなったガムを、いつまでもくちゃくちゃと噛んでいた。

僕らの言葉

居酒屋二件で朝五時だった　友達と二人でカフェに入った
女達はうどん食べてた　男達はカレー食べてた

携帯ずっと切ったままだった　互いの嫁から電話もなくて
女達は煙草のんでた　男達はコーヒー飲んでた

最近抱いた女の話をしてる
最近抱いた夢の話をしてる
だけど僕らの言葉忘れてしまう

朝日を浴びて駅に向かい　両手を上げて満員電車
女達は化粧だけだった　男達は会社だけだった

さっぱり何も出来ない僕ら　本当に社会のクズみたい
女達は服を買ってた　男達は金を稼いでいた

最近抱いた猫の話をしてる
最近抱いた夢の話をしてる
だけど僕らの言葉忘れてしまう

最近抱いたギターの話をしてる
最近抱いたあの子の話をしてる
だけど僕らの言葉忘れてしまう

どこにも何にも残らない言葉
楽しかったことだけ覚えているよ
だからまた友達と居酒屋行くんだ

居酒屋二件で朝五時だった

まぼろしちゃん

まぼろしちゃんと呼んでいた　僕が勝手につけたんだ
いつも青白い顔で　ひとりはしっこで働いてた

昼休みはパンをかじり　長椅子で寝ていた
いつも同じ服を着て　誰も近づけなかった

まぼろしちゃんが誰かと　喋ってるのを見た事無い
黒目がちな瞳は　何にも語っていなかった

まぼろしちゃんはバイトを辞め　僕も辞めてしまったから
もう会う事無いのが　あたりまえだけどさみしんだ

会ったとしても何もなく　交わす言葉もないけれど
それだけでかまわない　あの子とちょっといたい

まぼろしちゃんを見つけた　ネットの風俗のページで
明日行ってみるよ　身体が震えてしょうがない

一度くらいは一度くらいは　あの子の笑った顔がみたい
そんな風に思える　まぼろしちゃんの名前知りたい

ふたりの場所

誰も歩かないような裏通りを　猫が歩いてる　声かけた
にゃお　猫はこっち来た　おれが好きか　白いおまえ

あたたかい場所が好きなんだろ　おれと同じ　ちぢこまって
誰もしらない場所で眠ろう　星を数え　語ろう

恋をしたことあるか　おまえは　おれはあるよ　あったかな
だけどいつもなぜかひとりぼっち　わからないよ　教えてよ

つめたい場所が好きなんだろう　おれと同じ　風に吹かれて
誰も知らない場所で遊ぼうか　星を数え　歌おう
星を数え　眠ろう　星を数え　語ろう

DJ親心

お前より金はないよ
お前より歳をとってる
お前より何もないよ
お前はなんで泣いている

お前より醜いよ
お前より先はないよ
お前より終わってる
お前はなんであきらめてる

お前より歩けないよ
お前より喋らないよ
お前より歌えないよ
お前はなんで立ち止まる

お前より苦しいよ
お前より死にたいよ
お前より笑えないよ
お前はなんであっちにいったんだ

メール

女を買ったという　友達からメールが来た
木曜日の昼下がり　会社を抜けだして
気がふれないで

わかるよ僕たちはいつも　守るものはひとつ
ホテルで誰かを待ちながら
あたりまえのように　気がふれないで
あたりまえのように　気がふれないで　いる

501

豊田くん、もっと飲みましょうって
言ってくれたけど
ぼくはもう帰らなくちゃ
高円寺最終0:26

君は特に表情をかえず
若者と街にきえた
赤いダウンジャケット覚えてる
雨の中　後ろ姿

501を履いていた
どんなミュージシャンよりもかっこよく
ハーモニカとヤマハの安いギターの
あの音はもう聞こえない

加地くんには参ったよ
いつも　どんな歌も
ぼくの歌のうそが
ばれてしまうようで

酒をのむ意味が
やっとわかったとき
君がいなくなって
どうすればいいんだろう

５０１を履いていた
着古したトレーナーもかっこよくて
どうでもいい話　ダラダラと
あの時はもう帰らない

５０１を履いていた
どんなミュージシャンよりもかっこよく
やさしい言葉とあのメロディー
あの声はもう聞こえない
あの笑顔もう会えない
あの歌はもう聞こえない

「僕らの言葉」from『ギター』〔2005〕
「まぼろしちゃん」from『ギター』〔2009〕
「ふたりの場所」from『POP LIFE』〔2009〕
「DJ親心」from『アンダーグラウンドパレス』〔2011〕
「メール」from『しあわせのイメージ』〔2007〕
「501」【未発表作品】

interlude

ソウルフード2039

1

この間三五歳になった。

四捨五入したら、四〇。

なんだかもう、おっちゃんやなあと思う。

東京に来たのはちょうど一〇年前で、二五歳だった。

大阪に住んでいた僕は、はじめて東京でやったライブで対バンだったバンドのドラムの女の子と恋におちて、東京に来ることになった。

もし彼女と出会っていなかったら、僕は東京に住むことはなかった。

CDデビューしたのが、上京した一九九五年の春だった。

東京生活一〇年目、そして、デビュー一〇年目。

何も晴れがましいことはないのだけれど、よく自分みたいな人間が東京で生きてこれたなあと思う。

上京のきっかけとなった彼女は、当時美術系の短大生だった。

高円寺に住む僕と、多摩の実家に住む彼女とは、家が遠く、会うのは週に一回程度だった。

学校が終わった彼女が、高円寺の僕のアパートに来てくれた。

母親の調子がよくなかったので、彼女は大抵、夜九時には高円寺を出て、帰っていった。

あまりどこかに出かけた記憶もない。

次の年の春には、彼女は就職し、僕はレコードを作る話が舞い込み、制作費をもらって、機材を買い込み、部屋でずっと作業をしていた。

少しずつ東京で出会いがあり、世界が広

がっていた。

彼女はドラムの才能もあったが、描いている絵も面白く、卒業制作の作品は僕の部屋に飾っていた。

その年の夏の終わりに、彼女に好きなひとが出来て、別れた。

自分が東京にいる理由なんてないやんて一時は思ったが、僕はひたすら曲を書き、レコードを作り続けた。

今思うと、音楽は単なる逃げ場だったのかもしれない。

一〇年目を迎える東京。

もし彼女に会えるなら、ありがとうと言いたい。

あなたと出会っていなかったら、東京には来ていなかった。

この街で迷い、苦しみながらも、僕は存分に楽しんできた。


以前、高円寺で無力無善寺という店でのイベントに呼ばれた。

その店の真向かいに、さびれたカレーとラーメンの食堂があり、そこは一〇年前、彼女と何度か来たことがあった店だった。

薄暗い高架下にある店で、とにかく料金が安く、量が多い。味はそこそこだが、いつも腹を空かせた若者たちが飯にがっついていた。久し振りにその店を前にして、懐かしい気分になった。

イベントのリハが終わり、主催者の高円寺に住むちょっとお洒落な青年に「この店で一緒にメシ食おうか」と誘ったら、彼は「いやあ、ここは不味いですよお」と、嫌な顔をした。

まあそうだよな、と思いながらも、店の中を覗いたら、若いカップルが羨ましくなるほど、しあわせそうに仲良さそうに食べているのを見つけて、僕は少し落ち込んだ。
タブチ
住所―杉並区高円寺南三―六七―二

2
―

夜中、彼女から電話があり、ジャージ姿のまま部屋を出た。

仕事帰り、タクシーで帰宅する彼女。

近所のお寺の前でぼーっと待って、停まって「支払」のタクシーの前を走り、「お疲れさま」と声をかける。

まるでヒモのようだなと思って、苦笑い。

仕事を終えた彼女の顔は、夜中にかかわらず、とても綺麗で、キラキラしている。

こしょっと、手を繋ぐ。

彼女の手はあたたかい。

僕の手はつめたい。

「パン屋いこうか」

駅の近くのパン屋は、夜中から店を開いている。

おじいさんとおばあさんのお店。

ふたり共、もう八〇歳くらいだろう。

夜中に、少し薄暗いけれど、光が灯る店。

まるで、妖精のようなおじいさんとおばあさん。

パン屋に着いて、あん入りのメロンパン、クリームパン、スパゲティーパンをトレーに置いた。

彼女が財布からお金を支払ってくれる。

「この間、あなたがごちそうしてくれたから」

歌うたいの僕は、ライブの後くらいしか、お金に余裕がない。

一週間前のライブの後、彼女と食事して、新宿に泊まった。

「駅前のバス停のベンチで食べようか」

パンを入れた白い袋をぶら下げて、ベンチに座って、パンを食べた。

「おいしいね」

「うん、おいしいね」

彼女は、メロンパンを少し残して、明日食べると言った。

僕はスパゲティーパンを食べて、お腹一杯になった。

「今日、うち来る?」

僕は言った。

「うん」

少し考えて、彼女は言った。

「クリームパンは、明日朝一緒に食べよう」

ゆっくりとデパートに向かい、僕たちは一緒にいた。

キクヤベーカリー
住所―東京都目黒区五本木二―一三―三［閉店］

3

「林由美香さんが亡くなった」

という電話を受けた深夜、僕はコンビニからカップラーメンとビールを買って出てくるところだった。

突然で実感がないと言うのとは違って、混乱しながらも心のどこかで彼女の死を冷静に受け止めていた自分がいた。

AV女優、ピンク映画女優、モデル、一時ストリッパー。僕と同じ七〇年生まれ。三五歳の誕生日の前日に亡くなった。

はじめて林由美香のビデオを見たのは二〇歳の時、京都のビデオボックスで。はじめて本人を見たのはその二年後、大阪の十三のストリップ劇場で。休憩室でぼんやりとテレビの野球を見ていたら、ふらっと隣に座り、手帳にサインをもらった。

　手帳に挟んでいた当時実家で飼っていた猫の写真を見せた。外で野良猫と喧嘩して胸に出来た赤い腫れ跡を見て、これおっぱい？と聞かれた。

　東京に出て来る前、大阪でピンク映画を見ていた。

　一〇〇〇円で四本見れて、どこも毎日オールナイト上映だった。梅田や天神橋筋六丁目の劇場に通った。

　ピンク映画の画面はざらついて、くすんだイメージだったが、今思い出すとそれは自分にはロマンチックに見えていた。

　新宿アルタ前、薄汚れた街並み、木造のアパート、東京なのにローカルな電車、ケバケバしいラブホテル、痩せた男優、年増の艶っぽい女優、若い太った女優、時に信じられないほど美しい横顔を一瞬だけ見せる女優、朝焼けの風景……。

　マイナーであったが、どこかメジャーさも感じた。どこか本当は誇らしくたくましい、肉体から放つ輝きがあった。

　その中で林由美香という女優は生々しくなく、僕にとってはずっと遠い世界にいるようなひとだった。

　去年カンパニー松尾さんと一緒にやったイベントで紹介されたが、ああ、というくらいしか言葉が出なかった。

　それでもその後公開された主演映画『たまもの』は見に行った。喋らない役で劇中のセックスはハードコア、つまり本当にセックスをしていて、その苦しい表情は演技とは言えまるで崖っぷちから死を覗き込んでいるようだった。

葬儀から二、三日経ったある晩、午前二時を過ぎた頃、雨が少し降っていたが自転車で目黒駅前のラーメン屋に行った。急に行きたくなったのだ。

林由美香の母親が社長のチェーン店。中国人の店員が働いている。

東京っぽい細っぽくて味の濃いラーメン。ずずずーっとひとり音を立てて食った。

野方ホープ　目黒店
住所―東京都目黒区目黒一―五―一六

4

―


京都駅から南へ下ろうかと、二人で歩いた。

写真家の彼女は背中に大きなカメラバッグを背負い、三脚を持って歩く。

京都の観光地は京都駅から北にある。観光客は京都駅から南に下ることはまずないだろう。南は観光する名所など殆ど無く、殺伐とした町並みがあることを何となくは知っていた。

とりあえず、ただ歩くというのもいいだろうと思ったが、駅を出た通りの向かいには廃墟のようなパチンコ屋があり、そのまったく都会的でない看板のセンスに唖然とした。

バスか地下鉄でどこかの駅や町に降りてみようと提案するが、彼女は歩こうと言う。

あまり暑くない夏の午後、日曜日の町を歩くことにした。

低い長屋の家が立ち並び、ひと気は無い。

この辺りは在日の人達が住んでるらしいよと、僕はぼそっと言った。

しばらく歩いて「やっぱり多いんだね」と、

彼女はチョゴリの販売店の看板を指差す。在日三世の彼女は韓国語をまったく出来ないが、チョゴリを着たらやはり似合うのだろうかとふと思う。

狭い路地で、小さな家の前に咲く花を大きなカメラで撮影する彼女。自転車で通り過ぎるおばさんやよろよろと歩く老人は、ちらっと見るだけであまり気にしない風を装っていた。

ふと煙突が目に入り、銭湯に行きたくなり足を早めたが、その煙突の銭湯は潰れていた。

ああ、と思っていたら、風呂桶を持った顔の険しいおじさんを見つけ、何気に後を追ってみたら、小さな銭湯がすぐ近くにあった。

知らない町の銭湯にふらりと入るのもいいなと思い、手を差し出す彼女に小銭を渡す。入浴料は東京よりも安い三七〇円。

入り口ですれ違って出てきたおばあさんが、お風呂はいいよ、気持ちいいよ、と半ばひとり言のような口調で声を掛けてくれた。

小さな銭湯はとても賑わっていた。僕以外の客は全員常連さんのようで、刺青をしてる若者もいた。

「うちのおばあちゃんみたいな顔がいっぱいいたよ」と風呂から出てきた彼女は言う。

すっきりして、またのんびりと歩いているうちに賀茂川へたどり着いた。

四条辺りの賀茂川とは違い、何だかこの世の果てのような風景だった。

土手で寝転び、休んだ。

陽が落ちてきた。

今夜中に東京へ帰らなくてはいけないが、まだ時間はあるので、夕飯をどこかで食べたい。

薄暗くなった通りを、地下鉄の十条駅を目指して歩いた。

そして、途中に見つけた焼肉屋に入った。

少し古臭くも懐かしいようなお店で、メニューにはカルビという言葉はなく、代わりに「アバラ肉」と書かれてある。

入った時は少し席は空いていたが、あっと言う間に満席になり、店の外には行列が出きているようだった。

肉は今まで食べてきたどの焼肉よりも、はるかにすこぶる旨く、肉好きの彼女もおいしいおいしいと言って喜んだ。

京都出身の友人が、実は京都は肉が旨いと言っていたのを思い出す。

ああ、このままずっとここの店でゆっくりしていたいなあ、ゆっくりビールを飲んで、すこぶる旨い肉をたくさん食べたいなあと思ったが、時間の無い僕たちは小一時間で店を切り上げ、名残惜しく京都を離れ、その夜東京に帰った。

十条はやし
住所—京都府京都市南区東九条柳下町一七

5

久しぶりに会う娘だった。大阪にライブに来る時には必ず連絡していたが、なかなか連絡が取れない。夜の仕事をしているので、もし会うにしても夜半からだった。今回は急な用事で大阪に行くことになり、一応連絡してみたら、明日会いましょう、と返信が来て、会うことになった。

東京の真ん中は皇居だと東京に来て知った。真ん中に近づくにつれて、緑が多くなり、きれいな光景となる。

大阪の真ん中は通天閣で、その辺りの「新世界」と呼ばれる一帯は最近はスパワールドなど色々娯楽施設が出来たものの、すぐ近くにはドヤ街や、今も公然と営業している赤線地帯があり、ゴミゴミしている。

その新世界で会おうということになり、待ち合わせした。

時間のあった僕は先に着いて、辺りをぶらぶらと歩き回り、喫茶店に入り、薄いブラックコーヒーを飲みながら新聞を読んで時間を潰した。

久しぶりに会った彼女は、二四歳。はじめて会ってから、三、四年経っている。とても可愛い顔をしていて、性格もいい。彼女が行こうという飲み屋は、動物園前の交差点のすぐ側で、カウンターだけの店だった。行きつけの店らしく、中に入り、「おとうさん、久しぶり」と告げ、瓶ビールを頼んだ後、かき酢、タコ、キムチを頼んだ。彼女はあんまり食べない。

東京に来て一〇年になったなあ、などと僕はぼそぼそ話していた。

ずっと働いていた夜の店を辞めた彼女は、最近はたまに日雇いで工場のバイトに行くくらいで来月には南の島に引っ越すという。

「もう、簡単に会われへんな」

「そうやね」

彼女とは不思議な関係で、夜遅くから会っても、道頓堀沿いの深夜喫茶で、横に並んで座ったまま、あまり話すことなくずっと朝までいた。

結婚でもしよかと何気に言ってみると、ほんまにしてくれんの？と言って、顔をずっと見つめてきたりした。

惚れ合ってはいないが、なぜか一緒にいて馴染めた相手だった。

「昨日玉造の不動産屋の張り紙見とったら、保証金一〇万円で四万いくらかのマンション、けっこう広かったわ。もうこっち帰ろうかな」

昨日昼下がりの大阪の空を見て、そう遠くない日にオレはこの街に戻るなと、一瞬思ったのは本当だった。

「大阪、ちょっと疲れたわ。だからお母さんのいる島に行こうと思って」と言う彼女は、確かに少し元気なさそうだが、コップはすぐに空になって、またビールを頼んだ。

飲み屋を出て、天王寺まで歩いた。寒くて手をつないだ。ふざけて彼女の身体を抱きしめたりした。

駅前のドーナツショップに入り、コーヒー二つとドーナツ一個を頼んだ。二階に上がり、窓際の席に座った。店内は混んでいる。

「夜行バスまでまだ時間あるから、そこのホテル行こか」

わざと本気ぽい声色で、僕は言った。彼女は可愛いが、情欲をそそられはしなかった。ずっと何かに疲れていて、あきらめていて、でもそのことに僕はイライラしなかった。

「いいけど、イヤや」

少し照れながらも、どこか真剣な表情で彼女は言った。

どこの街でも同じ味のチェーン店のコーヒーとドーナツだが、この日の味は忘れられない気がした。

ミスタードーナツ　天王寺北口ショップ
住所―大阪府大阪市天王寺区堀越町一六―五〔天王寺ステーションビル北口正面〕

6

クリスマスがもうすぐの頃だった。

大阪でのライブを終え、東京に帰った僕はいったん家に荷物を置いてから、彼女に電話して会うことになった。

彼女とは一〇日程会ってなかった。

その間彼女は仕事がとても忙しく、僕も名古屋と大阪のライブの準備に追われていたのだが、二人の間にあるトラブルがあった。

原因は僕で、長電話の末彼女に謝って一応許しを得たが、微妙な感情は収まらなかった。ライブに出てる間、僕は彼女に連絡しなかった。

そのせいか、これから会おうかと電話した僕に、彼女はどこか冷たい声色で、いいけど、と応えた。

ため息をついて部屋を出て、待ち合わせの駅前のファミレスに向かった。

先に着いて、ドリンクバーでコーヒーを入れた。

まずいコーヒーだが、今夜は何杯も飲むことになりそうだ。

まだ僕が一〇代の頃、当時一番好きだったロック・ミュージシャンが雑誌のインタビューで、あなたが一番恐れていることはなんですか？という問いに、「愛の破滅かな」と答えていたのを思い出した。

なんか大げさなこと言うなあとその時は思ったが、自分が年々歳を取り、多分そのミュージシャンのインタビュー時よりも歳上になっている今となっては、まさに、と思う。

もし、今夜彼女との愛が破滅すれば、僕はどうすればいいのだろう。

コーヒーを飲みながらぼんやりと考えていたら、口をきっと結んで姿勢のいい彼女が店に入って来た。

席に着いて、すぐドリンクバーにコーヒーを入れに行った。

顔を合わせるのが久しぶりで、うまく彼女の顔を見れない。僕が好きなひとは、この目の前の華奢だけど、身体の中から強く戦闘的な意志を出している女なのかと思うと、気が重くなった。

「わたしと久しぶりに会って、好きと思った?」

僕は何も言えず、彼女は煙草を取り出す。深夜のファミレスは、若者達のグループが適度に騒いでいる、普通のありきたりの光景だった。

その中で、僕はもし彼女に去られたら、もう後はつまらない人生を送るだけか、と考えていた。

楽だけど、それは果てしなく退屈で、意味のない人生だろう。

彼女のことは、他にはいない絶対のひとのように思っていた。

僕の犯《おか》したあやまちを、どう償うかで話し合ったが、話はうまくまとまらなかった。

会話の途中で時折冗談が出て、二人で笑ったりしたが、それは一時的なもので、すぐにまた押し黙った。

明け方になり、店を出た。

バイクのある場所まで、一緒に歩いた。

ここで彼女の手を握ればいいのだと思ったが、僕には勇気が出なかった。

「じゃあねえ」

と、彼女はヘルメットを被って、名残惜しさは微塵も見せず、バイクに乗って去って行った。

僕は家に帰る気分にならず、近くの漫画喫茶に入った。

靴を脱いで個室に入り、何も考えず、ただそのシェルターのような狭苦しい部屋に疲れた身体を置いていたかった。

パソコンの電源を入れたが、何も見る気はしなかった。

飲み物も飲まず、ただじっとしていた。

彼女から電話があった。泣いていた。すぐに漫画喫茶を出て、通りでタクシーを捕まえ、彼女の部屋に向かった。冬の朝。

愛は破滅しなかった。

ビルディ　学芸大学店
住所―東京都目黒区鷹番二―一〇―六［閉店］

7

―


三月も下旬に入った土曜日、羽織袴をまとった女子大生を見た。ああ、もうそんな季節になったのだなと思った。

去年、別れた彼女の大学の卒業式に行った。

二年程付き合ったひと回り以上年下の彼女は他に男が出来て僕とは別れたが、新しい男とはすぐに終わり、また何となく連絡を取り合うようになっていた。

また彼女と付き合うことになるのかなあと少し思ったりしたが、いや、それはないよなと気を取り直したり、僕も一時は混乱していた。

卒業式に来て欲しいと言われ、まあ断る理由もないしと思い、行くことにした。

スーツを着て中央線に乗り、はじめて行く女子大の門をくぐった。

映画「桜の園」の舞台になった女子大で、こじんまりとして、雰囲気はよかった。

天気もよく、生徒の家族や友達が賑やかに談笑していて、それは幸せな光景だった。

偏差値のかなり高いこの女子大を出た彼女達には、明るい未来が待っていて、僕みたいに食い詰めたりすることはないんだろうなあと思う。

彼女が僕を見つけて、近寄ってきてくれた。

僕は照れてしまい、うまく話せなかった。彼女の友達が、僕と彼女をカメラで撮ってくれた。

もう、恋人同士ではない二人はどんな表情をして写っていたのだろう。

それから二ヶ月程して、彼女と会うことになった。

彼女からは卒業式の少し後に「あなたが好き」と言われたが、僕にはこれから付き合おうかなと思っていた女性がいたので、付き合うのは断る形になってしまった。

だが、その新しい女性とはあまりうまくいかない気配で、気持ちはずっと揺れていた。

久しぶりの再会は昼で、食事をすることになった。

何度か行った旨いうどん屋に彼女を連れて行った。

大阪出身の僕は東京では滅多にうどんを食べない。どこも不味いからだが、ここのうどんは旨かった。

卒業して、社会人になった彼女は急に大人びて見えた。

食事をして喫茶店に入り、彼女は「新しい恋人が出来たの」と言った。

ああ、そう、と軽く返事しながらも僕は動揺して、水を何度も飲んだ。

駅で降りて、帰路に着く途中に声を掛けられた男と付き合うことになったという。

僕は何とも言えない気分になった。

彼女の横顔をちらっと見て、この子のことを僕はあんまり好きではないなと思ったが、そう思う自分がみじめでかっこ悪いとも気づいていた。

彼女は僕のことを本当に愛してくれていた。

改札で別れて、お互い反対方向のホームへ向かった。

両国
住所―東京都中野区中野五―五二―一五 中野ブロードウェイ2F［閉店］

8
―

彼女と久しぶりに街に出た。

渋谷で映画を見て、池袋で喫茶店に入った。北口の「伯爵」という喫茶店は、ビジネスホテルや地下には居酒屋が入っているビルの三階にあり、僕は好きでたまに来る。

辺りの水商売っぽい雰囲気の客層だが、店員のマナーはよく、コップが空になるとすぐ水を足しに来てくれる。

いわゆるカフェは水を出さないところが殆どなので、こういう喫茶店は貴重だと思う。

「伯爵」を出て、大塚へ行こうということになり、二人で歩いて行った。

池袋から一駅だが、歩き慣れない道なので結構時間がかかった。

途中で登山グッズの店に入り、今度仕事で山に登る彼女は入っていき、僕も付いて行った。

そしてまた歩き、路面電車が走るのを見つけ、大塚駅が近いとわかった。

路面電車の線路の脇に、花がたくさん咲いていた。

大塚には何年も前に風俗店の取材の仕事で来たことがあった。暗い街だなと思った。彼女は以前、弟が住んでいたのでよく来ていたという。

駅に近づくと、猥雑な地帯があった。

ラブホテルや風俗店が多い。そのどれもが安っぽくて、古めかしい。

あと、パキスタンやインドなど様々な外国料理の店があるようで、賑やかしい。

こういう雑多な街の中を、彼女と手をつないで歩くのは本当に楽しい。

「おいしい中華料理屋行こうよ、昔よく行ったとこ。何でもおいしいよ」

と彼女が言うので、そこの店に入った。駅からすぐで、隣にはあやしいキャバクラがある。

「すごいとこやねえ」

僕は何だか中国、イメージで言うと香港に来たような気分になった。

店の中は決してきれいではないが、何でも旨そうだ。ビールを頼み、何品かじっくり考えて注文した。

壁にグルメ雑誌に店が紹介された記事が貼ってあって、店長の名字が彼女と同じであることに気づいた。

まったりとしながらも旨い中華を楽しんだ。また来ようと思った。

店を出ると、再びコーヒーが飲みたくなり、チェーン店のカフェに入った。

店内は満員なので、店先のベンチで飲むことにした。

ちょうどいい感じの気温と風を感じ、街を歩く人達を眺めた。

向かいに安い靴屋があり、そこに結構お客が入っていて、気になった。

コーヒーを飲み終わると、二人でその靴屋に入った。すごいミニスカート、金髪で顔は少し見ると結構年増の女が一生懸命ハイヒールを選んでいた。脚は白く細くて、長い。

店の中は大した靴はなかったが、彼女は気に入ったサンダルを見つけ、店員に欲しいサイズを頼んだ。

「これはLしかないんですよお、LLはこちらのものはあるのですが」

「えーっ！ LLって恥ずかしいわ」

彼女はあきらめた。

店を出て、ちょっと前にハイヒールを買っていった女を僕はこっそり探したが、見つからなかった。

世界飯店
住所｜東京都豊島区北大塚二―一四―八日米ビル1F

9
新阪急ホテルに泊まったのは久しぶりだった。朝、荷物をいったんロビーに預かってもらい、恋人と朝食をとりに出た。

時間があまりなかったので、すぐ近くの新梅田食堂街の喫茶店に入った。

この食堂街というのは、マクドナルド、立ち食いうどん、飲み屋、寿司屋、喫茶店など、色々な店が集まっている地帯である。JR大阪駅からも阪急梅田駅からもすぐなので、いつもわさわさと賑やかしい。

何度か入ったことのある薄暗い照明の喫茶店に入り、僕も彼女も、三五〇円のモーニングセットを頼んだ。コーヒー、トースト、ミニサラダ、ゆで卵。通称「モーニング」は、喫茶店が絶滅しかかっている東京では殆ど目にしない。あったとしても、五〇〇円前後で出している。

　ぼんやりとやってきたモーニングに手を付けていたら、隣に若い女と一緒にいる中年の男が大きな声で何か話し掛けてきた。

「あの、そんなことされては困りますので」

　若い大学生風のウェイターは中年の男を制しようとしたが、男は大きな声、しかも博多弁で喋ってくる。

「この壁に掛かっとる絵、これ見て何か感じるものあるかあ?」

　突然言われても、答えに困る。中年の男はサンダル履きでラフな格好だが、どことなく品の良さを感じる。一緒にいる女は二〇代半ばくらいだろうか、綺麗にしている。

「わし、今日博多から出てきたんばい。で、こいつが彼氏と揉めてて、今からこいつの親のところに行くんや」

「はあ、そうなんですか」

　なんとなく恋人と顔を見つめ合ってしまう。

「お兄ちゃん、男前やなあ。なあ?」

と、中年の男は一緒にいる親戚の女に言う。女は一応うなづいた。女は彼氏と揉めて危機的な状況で疲弊しているのか、よく見ると顔はどこか泣きはらしたかのように見えた。

「博多と言えば……ごまさばが旨いですよねえ。あれ、大好物なんですよ」と僕が口を開くと、中年の男はいきなり立ち上がって、

「おー、なんで知ってんのや。嬉しい、嬉しいわあ」と僕に握手を求めてきた。

　それからしばらくして、男はまた大きな声でウェイターに絡んだりしたりしていて、僕らは黙々とモーニングを食べた。

　男は親戚の女に「そしたら、お母さんところ行こうか」と言って立ち上がり、こちらを見て「失礼します」と言って、去って行った。

勘定は女が払っていた。

そして僕らも店を出て、恋人は京都での仕事に向かった。

僕はロビーでギターやトランクを受け取り、ＪＲの大阪駅へ向かった。

また食堂街の脇を通るのだが、立ち飲み屋の前で、ふいに向かいの女から頭を下げられ、「さっきはどうもすみませんでした」と女は笑みを浮かべて言った。つい今しがた喫茶店に中年の男といた女だ。

ふと立ち飲み屋の中を見ると、一緒にいた中年の男がまたカウンターの店員と大きな声で喋っている。

「ああ、どうも」と、僕は唐突に現れた目の前の女を少し見つめて、少し笑った。

これから女が迎える恋愛の修羅場を想像しようとしながら大阪の雑踏の中を歩いていると、大抵のことは何とでもなるさと重たいギターを背負いながら思った。

ドリヤード
住所―大阪府大阪市北区角田町九―二九　新梅田食道街

10

―


昨晩、彼女が携帯をタクシーに忘れた。朝になって気づき、タクシー会社に電話したところ、携帯は見つかった。タクシー会社は、北区の十条というところで、遠いのだが、ふと十条という町に行ってみたくなり、一緒に行くことにした。

東横線で渋谷まで出て、埼京線で向かった。

十条駅に着き、駅前から彼女がタクシー会社に電話して道順を教えてもらう。歩いて、七、八分のところらしい。駅前はこじんまりとしているが、商店街はかなり大きそうだ。

商店街とは反対側の方へ出て、ゆっくりと向かった。途中から住宅街の方へ入り、ふと大きな学校が向かい合って建っているのを見つける。北区と板橋区の境目で、道路一本隔ててそれぞれの公立中学が建っていた。

先へ進むと、大学病院などもあり、学校が多い辺りだねと二人で話した。

電話で教えてもらったコンビニの横を入ると、タクシー会社はあった。親切そうなおじさんが携帯を渡してくれた。小人のような背の低いおじさんが、掃除をしていた。

僕も何度かタクシー会社に忘れ物を引き取りに来たことがあるが、タクシー会社の雰囲気は好きだ。やさぐれているようで、真面目に働いている男達の巣。事務所にいるひととドライバーのひとたちの感じもちょっと違う。

携帯を受け取り、おじさんから「こっちから行った方が早いよ。さっきは説明しやすい道順で、ちょっと遠回りだったから」と別の道から帰ることにした。

少し歩いて行くと、また閑静な住宅街に入るが、さっきとは微妙に雰囲気が違う。道に咲く花や、辺りの少し奇妙な静けさ。彼女が「京都の十条とも似てるね」と言って、はっとした。

去年の夏に京都の十条を一緒に歩いたことがあった。あの辺りは在日朝鮮人、韓国人のひとたちが多いと聞いて、その独特な空気と確かにこの辺りも似ている。

そして進んでゆくと、灰色のまるで廃墟のような不穏な建物にぶつかり、それは朝鮮学校だと気づいた。

その隣の公園は、夏の終わりらしく蝉が

弱々しくもまだ鳴いていた。途中、小さな銭湯もあったが、入らなかった。

ふっと駅の方に出て、ひとが現れる。

小さな古ぼけた食堂に入った。メニューが豊富で安い。久しぶりにいい定食屋に入った気がした。店内はピカピカに磨かれていて、清潔だ。従業員の白い制服を着たおじさんもしゃきっとしている。

二人で定食をしんみりと、楽しく食べた。

三忠食堂
住所｜東京都北区赤羽西一―三七―一

｜11

月曜日にライブを見に行くのが前から好きで、今日もふらっと新宿に出た。

楽器屋を覗き、中古のエフェクターを買った。二丁目にある地下のライブハウスに行き、当日券を求めた。ジャズの店のこのライブハウスの前には、男ばかりが何人かうろうろしている。場所柄、というのではなく、本物の音を出す場所だからだろうか。

開場まで時間があるので近くで腹ごしらえでもしようかと、地上に出た。

そういえば、三、四年前に近くの飲み屋に連れて来られたことがあった。ニューハーフのお店で、そこの二〇歳の子がとても可愛かった。小倉出身の子だった。

今度はひとりでお店に行こうとこっそり思っていたが、ある夜、新宿の路上で彼女とすれ違った。クリスマス前の時期で、肩が少し寂しそうで、仕事に向かう彼女を心の中で見送った。

そんなことを思い出しながら、辺りを

少し歩いて、小さな定食屋に入った。カウンターだけのお店で、入り口には色々なメニューが張り紙されており、うどん（関西風）定食五〇〇円に引っ掛かった。

東京でうどん定食があるのも、珍しい。

カウンターの向こうには、初老の店主が苦い顔をしているような、そうではないような不思議な表情で調理をしている。

席には中年の男と、自分くらいの三〇代後半の男が食事していた。中年の男はキリンのラガーを飲み、週刊誌をぺらぺらめくりながら、ほっけ定食を突っついていた。三〇代のトレーナーを着た男は、食べたお盆をカウンターに上げないでそのままにして帰って行った。

しばらくして、うどん定食が出てきた。

うどん、ごはん、生卵、コロッケ。これで五〇〇円は安いのだろうか。

うどんは、だしは確かに関西風でやさしい味だったが、いまひとつ何かが足りない。麺はいかにも安い麺だったが、まあそれはしょうがないだろう。

コロッケもあり、ちょっと得した気分にはなるので、満足して食べた。

食べながら、ふと新宿二丁目でひとり食事をしていることを、ああ、自由やなと思った。

家には妻と、妻のお腹の中には赤ちゃんがいる。妻は今夜は何を食べるのだろうか。

ビールでも飲もうとしたが、ライブの開場時間がもうすぐなので、ビールは飲まず、金を払って、自分のお盆とさっきの男のお盆をカウンターに上げて、店を出た。

花膳
住所｜東京都新宿区新宿二―一一―一三

12

一応ミュージシャン稼業の身なので、師走はいつも忙しい。ライブの数が多く、それで何とか年を越せるか越せないかという生活をずっと何年も送ってきたが、昨年もまさしく同様だった。だがその忙しい最中の師走に、急に韓国へ行くことになった。妻が身重のまま一人で一ヶ月ソウル市内にホームステイすることになり、それに合わせて僕も二泊三日で訪れる予定を立てた。

妻はカメラマンで、向こうで親交が出来た人達のつてでカフェでスライドショウをやることになり、僕もギターを弾くことになった。

海外に出るのは幼少以来のことで、パスポートを取ったりチケットを取るのも大変だったが、何とか韓国へギターをぶら下げてたどり着いた。

ソウルで妻と会った。しばらく会ってないので少し恥ずかしい。在日韓国人の妻は韓国語は出来ないが、一ヶ月弱ソウルにいて、すっかり馴染んでいた。それが頼もしくもあり、もう日本には帰って来なくなるかもなどと少し不安に思ったりした。

一日目はゆっくりソウル市内の観光。夜中まで遊んだ。寒かったが街や人のあれこれが刺激的で楽しい。年配の男の人達の目は暗い気がした。徴兵制もあるし金持ち以外にはつらいのかもなあと、無愛想なタクシーの運転手さんや地下鉄の中の人達を見て思った。

二日目の夕方、弘大（ホンデ）という街のカフェに向かった。この街は美術大学があり、サブカルチャーが唯一ある街と聞いた。夜、スライドショウをやるカフェの地下は小劇場で、そこも古くからあるものらしい。

カフェは在日社長のやってる会社のもので、日本では出版や映画館などもやっている。事務所には雑誌を作っているスタッフ達がいて、彼らの殆どは在日韓国人である。

カフェのスタッフは日本から来ている留学生で、韓国語で応対している姿を見ていると凄いなあと思ったが、そう言えば東京には韓国や中国から来た若者達があらゆるところでたくさん働いており、彼らの方がむつかしい日本語を勉強して偉いと気付いた。

スライドショウは無事終わった。若者達はとてもあたたかい拍手をくれた。外国でパフォーマンスをやると、こういうあたたかさで迎えてくれるのかなとも思った。

ソウルで活動している日本人ミュージシャンの方が来てくれ、初対面なのにマッコリをドサッと持って来てくれて、みんなに配っていた。

あちこちでわいわいと賑やかに若者達が笑い、その風景は別に東京と変わることないなと思ったが、少し観察してみると韓国の女の子達は喋る声も大きく元気な気がした。男の子達はシャイな感じがした。

近くの焼肉屋で打ち上げをし、たくさん食べた。妻は飲めず、僕も喘息が出ていて酒は飲めなかった。

日本の焼酎よりもはるかにアルコール度数が高い焼酎を飲んでいる人達を見ると、何だかそれだけで太刀打ち出来ない気もしてくる。

だが、そう遠くないうちにまたこの国に来る時は思い切り浴びるほど酒を飲み、日本とは違いデコボコな道に倒れてみたい。

なぜかわからないがそんなことを思い、冷たい冬のソウルの街を眺めながら、宴席からホテルへとタクシーで帰った。

cafe sukkara'
住所―ソウル市麻浦区西橋洞三三一七―九 サヌルリム小劇場1F

―13

結婚式を銀座で行なって、二次会は渋谷で。三次会もお店を変えて同じ渋谷でやった。

自分がまさか結婚なんてするとは思っていなく、また結婚式などと言うのもやるとは思っていなかったが、実際やってみると気恥ずかしい思いや緊張もあったが、やって良かったなと素直に思えた。友人がいるということ、家族や親族がいるということの意味をよくわかった。

と、至極真っ当なことを書いていてもつまらない。

三次会ではみんな結構酔っていて、その中でも親友のOが激しく酔って、色々からんできた。

結婚式自体は昼の二時からで、三次会の店に入った時はもう夜一〇時であった。ずっと飲み続けてる連中にとっては、さすがにそろそろ疲れている頃だが、割とみんなゾロゾロと付き合ってくれていた。

Oがひどく酔って、足下もふらふらになり、しまいにはズボンを脱ぎ、勢い余ってパンツも脱いだ。ギャー、ギャーとはじめのうちはみんなはしゃいでいたが、Oが席を外したり、トイレに行って、また戻って来てはフルチンになるので、段々みんな醒めてきて、ある女性なんかは水をかけたり、またある友人はOの股間に七味唐辛子を振りかけたりして、段々場がやさぐれてきた。

そうこうするうちに終電の時間となり、みんな続々と「じゃあ」と言ってこっそり帰って行く。最後はちゃんと締めてみんなにお礼を言いたかったが、Oがずっと酔ってダラダラと場を荒らしているので、段々腹が立ってきた。

Oは写真家で写真集を二冊出しているが、この間の引越しで僕はそのどちらも捨てた。O自体は面白い人間だが、表現をやると何か意識してしまうのかつまらなくなる。まあ、芸術とはそんなものではある。評価されたいと思うと、面白くなくなる。

そして、僕にはピンとこないが、ある界隈ではそこそこに持ち上げられている写真集を出しているOとはあまり会わなくなっていた。会うといつもひどく酔ってきて、退屈。

ひょっとしたら、僕に甘えてくるのが彼の親愛の表現なのかもしれないが、それは違う気がした。僕らはもっともっとやらなくてはいけないことがあるし、話し合うことがあるはずで、それが出来ないなら付き合う意味もないと思うのだ。

それでも結婚式の案内状を出したら、すぐに出席の返信をくれ、やって来てくれたOのことを嫌いになるはずがない。心根は優しいことはよくわかっている。

「お前、つまんないんだよ。写真集も二冊、捨てたよ」と僕は彼に言って、飛び蹴りをかました。少しよろめいた彼は一瞬驚いていたようだが、酔っているので表情からは真意がわからない。

店を出ると、店の前で妻は泣いている。来てくれた友人の何人かは残っていて、なんとなく気まずそうで、もう一軒のみに行こうかということになった。Oはタクシーで帰って行った。

そして、妻と残ってくれた友人らといつも渋谷でライブが終わった後に行く居酒屋に行った。そういえば、ここは妻と出会った場所でもあった。

朝までみんなで静かだったが、落ち着いて楽しく飲んだ。妻と出会った時も、朝までこの店で飲んだことを思い出した。

二年前の同じ二月のことだった。

やるき茶屋　渋谷南口店
住所｜東京都渋谷区道玄坂二―六―二［閉店］

14
―

産婦人科を出たのは昼前だった。

昨日入院して、夜から陣痛が起こり、日付が変わって少ししてようやく産まれた。

予定日から二週間過ぎで、その間色々大変であった。

妻はウォーキングを一生懸命やっていて、僕も一緒によく歩いた。一昨日は高尾山に登った。こんな山に登って、山頂で陣痛が起こったらどうするのかと思ったが、助産師さんは「初産は陣痛がきても、すぐ産まれないからご主人が一緒なら大丈夫」と言っていた。いざ登ってみると、僕よりもお腹が出ている妻の方が健脚家だった。まるで僕の方が陣痛がきそうだった。

山の空気は美味しくて、来てみたらいいもんだなと思った。お金を使わないで、いい気分を味わえた。

翌朝、陣痛がくると、やっときた！　という思いで、立ち会ってくれる友人らにバタバタと連絡を取りながらも、嬉しかった。

段々痛みが強くなってくる妻の手を握っていた。妻はこっちの目をすごい強い力で見つめてくる。

出産の時は痛みでパニックになる妊婦が

夫や周囲の人間を激しく罵ったりすることがあるらしく、気性の激しい妻のことだから覚悟をしていたが、実際は冷静であった。

そして産まれてきた息子は身体も大きく、元気だった。やっと出てきやがったと思った。とりあえず無事で安心した。

産婦人科を出て、駅に向かう途中で、ちゃんとめしを食べてなかったことに気づいた。入院する妻の分は食事は出るが、僕には出ない。朝は適当にヨーグルトで済ませていた。

何度か通った道の途中に気になっていた古ぼけた定食屋があったので、そこに入った。まず瓶ビールを注文した。ラガーだった。あと、塩サバ焼き定食と納豆を注文した。

店は老婦人がやっていた。納豆は二〇〇円で、ちょっと高いと思った。付け出しはきんぴらごぼうが出てきて、旨かった。

午前中からビールを飲むと、すぐ酔ってしまう。

定食を平らげても、ビールは半分以上残っている。ハムエッグを注文して、ゆっくり飲んだ。

たかが一本の瓶ビールを飲むのがきつかったが、これくらい飲めなければ、これから息子を育てていけないぜと、よくわからない思いで一生懸命飲んだ。

店の老夫婦はテレビのニュースを見ながら、ぼそぼそと話をしていた。まるで世の中のことをすべてわかっているようだった。古ぼけた小さな定食屋をずっとやっているということは、すごいことなんだろうなと思った。子供はいるのだろうか。孫もいてよい歳だろうが、ひょっとしたら子供はいない気もした。ずっと二人だけで定食屋を営んできた感じもした。色々なことを酔った頭で考えていた。

勘定は一八〇〇円だった。この値段は忘れないかもなと思いながら、金を払って店を出た。

食堂 流泉
住所―東京都杉並区西荻南二―二七―九

[番外編]ソウルの屋台
―
去年ソウルへ行った時、昼間、屋台に入った。仕事仲間とわいわいとビールを飲んで、つまみを楽しんだ。スンデという韓国風腸詰を我々はちょっとずつしか食べられなかったが、隣の屋台では会社員らしき女性が、ライスと一緒にパクパク食べていた。

会計のとき、揉めた。目安の値段の倍以上を請求された。とは言っても、六〇〇円程のところを一五〇〇円と言われたくらいだが。ソウルの屋台は高いと聞いていたので、それくらい払っても構わないと思ったが、一緒にいたリーダー格の美術家が怒って正当なお金しか払わなくていいからと言って、その分のお金だけ払って店を後にした。後味は悪かった。

追いかけては来なかったが、黙ってずっとこっちを睨んでいたおばちゃんの顔は忘れられない。

大阪に行く、というのは自分の場合、帰省か演奏かになるが、いずれにせよ、時間があれば鶴橋に行く。

五、六年くらい前だろうか。何度かこの店「たこはち」に来た。ほとんどが女の子とで、ひとりでも来た。

最近はなかなか入れなかった。昼時に行くと必ず混んでいて、空席があってもこっちの人数が多かったりすると入れなかったりで、この二、三年は入れないでいた。中を見ながら、店の前を通り過ぎて、近くの店で蔘鶏湯《サムゲタン》など食べた。

この間ようやく入れた。演奏で梅田に泊まって、九州から来てくれた女の子と行った。おばちゃんとは久しぶりだったが、何も変わってないように見えた。まずビールを頼んだ。缶ビールがさっと出てくる。

チヂミ、お好み焼きを頼む。お好み焼きはチヂミをもとにして出来たんだろうなって、目の前の鉄板で作ってもらうのを見ながら思う。

てっきり自分のことなんか覚えてないだろうなと思っていたおばちゃんが、ふと「ひさしぶりやな」と言ったので驚いた。「はあ」としか言えなかった。

店内で働く女性達にパパッと指示をしながら、目の前のお客にも気を配っている。自分の缶ビールを置いた場所が目の前だったので、それをさっと端に移動してくれた。食べやすいようにとの配慮だ。

「今度息子と来るわ、離婚したけどよく会ってるから」と言って、「でも卵アレルギーだから食べれるもんあるかな」と聞いたら、「最近そんな子多いで、この間小麦粉があかん子来とったけど、食べられへんのわかってるから自分だけ食べれるもん持ってきとったわ」と言いながら、この店で比較的、卵が入ってないものを教えてくれた。少しだったら大丈夫なので食べられるかもしれない。

一緒に来ていた女の子が、九州から来ていることを言うと、また一緒においでやあと言ってくれた。

店にいる時間は、ほんの三〇分くらい

だろうか。昼間から飲むと酔いが早いので、ビールは一缶だけにしといた。店先にはチヂミがたくさん売られている。これから実家に帰るので、何枚か買った。

　こんな風にソウルの屋台でも過ごせたらなと思ったが、そんなこと思ってもしょうがないということもわかっている。

※本稿のうち、1〜14は、『クイック・ジャパン』vol.60〜72（太田出版）に掲載されたものを改題のうえ、加筆したものです。また、［番外編］ソウルの屋台は、『お好み焼き90％たこ焼き10％の本』（プレジデント社）に書いた原稿が元になっています。

lyrics

チョコパ

桜の木の下を　娘を連れて歩いて行く
君の小さな肩に落ちた　花びら一枚そのままで

野良猫会ったらこんにちわ　野良猫もこっち向いてこんにちわ
野良猫さんに名前はあんの　野良猫だって名前くらいあるでしょう

煙草を買って駅前喫茶　甘いものでも食べようか
君のまあるい瞳がいいね　小さいテーブル、コーヒーカップ

チョコパ　チョコパ　チョコパをふたつ
チョコパ　チョコパ　チョコパをふたつ

君、僕　笑ってる
君、僕　何も変わることなく

—
from『ROCK'N'ROLL 1500』［1995］

コーヒーとマーマレイドティー

もう4ヶ月前のことになるね
雨がふっていた　久しぶりに会った

コーヒーとマーマレイドティー　あの子と渋谷にいた

財布の中にしまっていて　思いだしたレシート
日記もつけない僕は昨日のことも消えてしまうから
コーヒーとマーマレイドティー　あの子と渋谷にいた

あの子に会えないわけじゃないけど　何だかちょっとね
新しいことはじめてから　電話をかけてみようかな

コーヒーとマーマレイドティー　あの子と渋谷にいた
コーヒーとマーマレイドティー　あの子と渋谷にいた

—
from『人体実験』［2003］

メロンパン

どうやら何もやることがなくて　月曜日の午後
僕は　僕は　僕は

コンビニ行って買って来るものは　いつも同じもの
今日も　今日も　メロンパン

頑張らなくちゃ　やっていかなくちゃ　生きていかなくちゃと思う
だけど　出来ない

あの娘の胸の中で子猫のように眠る
だけど　だけど　だけど

ギターと電話とスニーカーで気取っていたけど
ほんとは　ほんとは　メロンパン

頑張らなくちゃ　やっていかなくちゃ　生きていかなくちゃと思う
だけど　出来ない

my love　いいかげんにして
my life　いいかげんにして
同じ夢を見るのは　同じ夢を見るのは

どうやら何もやることがなくて　土曜日の夜
僕は　僕は　僕は

コンビニ行って買って来るものはいつも同じもの
だけど　なかった　メロンパン

頑張らなくちゃ　やっていかなくちゃ　生きていかなくちゃと思う
だから
メロンパン
明日　食べよう
街の中で

―
from『SING A SONG』[2004]

牛丼屋の女

駅に降りた　牛丼屋に入った　隣の隣に女がいた
ビールを飲んだ　女にあげた　女は笑った　一緒に食べた
めしを食べる　明日のために　こんな僕でも　明日がある
女がほしい　誰かとやりたい　牛丼食べてる　女がいいよ

―
from『SING A SONG』[2004]

うなぎデート

今日は何の日か知ってる?　知らないの?　知らないの?
土用の丑の日　夏の楽しみ　大事な日
うなぎを食べに行こう

本当はおいしいものが僕にはあんまわかんない
おいしいって何だろう?　なんかちょっと居心地悪くて
ねえ君教えて　君の弁当おいしいの?

夏バテ防止の大事な日
いっぱい食べて働こう
いっぱい食べて昼寝しよう
いっぱい食べて働こう
汗を流して働こう　涙流して働こう
土用の丑の日　夏の楽しみ　大事な日
うなぎを食べに行こう

本当はおいしいものが最近ちょっとわかってきたよ
何者かになれたら　ちゃんとわかる時が来るかな

ねえ君教えて　子供の僕に教えてよ

うなぎデー
うなぎデー
うなぎデー
うなぎデート

—
from『東京の恋人』[2005]

飲みに行こうか

君と別れたら楽になれる　だけどそれがどうしたというのか
さっきの君のくらい声　やっぱり気になるからメールを打った

飲みに行こうか　たまにはゆっくり
飲みに行こうか　街に出よう

ひとりぼっちの若者が　ギターを抱え歌ってる
手を繋いだ僕たちは　前を通り過ぎていいんだね

飲みに行こうか　たまにはゆっくり
飲みに行こうか　街に出よう

飲みに行こうか　もう一度
飲みに行こうか　ちょっと歩いて

—
from『しあわせのイメージ』[2007]

チーズバーガー、コカコーラ

チーズバーガー、コカコーラ　ポテトは今日は食べれない
チーズバーガー、コカコーラ　夜の詩を眺めてる
チーズバーガー、コカコーラ　隣の女はポテト食う
チーズバーガー、コカコーラ　君の写真眺めてる

チーズバーガー、コカコーラ　光を誰か消してくれ
チーズバーガー、コカコーラ　今夜はどこに逃げるのか
チーズバーガー、コカコーラ　こんな時間に子供がいる
チーズバーガー、コカコーラ　夜の君探している

—
from『ABCD』[2009]

豚バラ殺人事件

今日あったことをどうやって忘れよう
お酒はいくら飲んでも酔わないタチなんです
99ショップもスーパーも24時間やっていて
店員さんご苦労さん　今夜も寄ってしまいました
売り場は閑散としてるけど　若者たちは結構いて
僕は豚バラを見つけた　とても安くなっていた
塩こしょうで炒めるか　野菜もなんか買っていこうか

豚バラ真夜中白い薔薇　豚バラ真夜中赤い薔薇
バラバラバラバラあの女　僕がつぶしたのではありません

今日吐いた言葉をどうやって消そう
消せるはずないよ　あのひときっと傷ついているよ
99ショップもスーパーも毎日毎日やっていて
店員さんご苦労さん　今日は何が特売かしら
弁当だけはたくさんあって　若者たちはたくさん買ってるけど
僕は豚バラを見つけた　今日も安くなっていた
塩こしょうで炒めるか　豆板醤も買っていこうか

豚バラ真夜中白い薔薇　豚バラ真夜中赤い薔薇
バラバラバラバラこの身体　誰かつぶしてください

豚バラ真夜中白い薔薇　豚バラ真夜中赤い薔薇
バラバラバラバラあの女　思い出だけは残ってしまいました

—
from『バイブル』[2010]

メリーゴーラウンド

雨に打たれたくらいが　ちょうどいい夜
やさしい目をした雑種犬に　会いたくなった

生きてるだけでラッキー　食えてるだけで幸せ
どこかでビールが飲みたい　めしはちょっとでも

今日も身体を使った　だけどあんまり疲れていない
ああ　むなしい　ああ　せつない
僕は何をやってるの

雨に打たれて風邪を　ひいてもいい
何でもいいから身体を　痛めつければ

明日もやっぱり同じ　それでもきっといいのだ
ああ　楽しい　ああ　嬉しい
君にちょっとでも会えたら

雨に煙るメリーゴーラウンド　回転寿司
明るい店の前で　立ち尽くす

回る回る

まぐろ　あじ　はまち　えんがわ
えび　あなご　しめさば　ちゃんこ汁
ねぎとろ　たまご焼き　うに　いくら
つぶ貝　かんぱち　納豆巻き　カニサラダ

回る回る

—
from『ギター』[2009]

第五章

異性

不思議な夜の話

おとこは、仕事もなく、毎日、近所の公園で過ごしていました。

何もやることもなく、公園のベンチで図書館で借りてきた本をうつらうつら眺めるように読んでいました。

水筒にお茶を入れ、ポケットラジオをたまに持って来てイヤフォンで聞きながら、ぼんやりと、ずっと時間を過ごしていました。

公園は鳥や、鳩も、たまにやってきて、午後は近くの幼稚園や保育園帰りのこどもたちで、明るく賑わっていました。

端にある公衆トイレも手入れが行き渡っていて、いつもきれいでした。

子供たち以外は、近くに住むお年寄りや、近くで道路工事をしているひとたちや、歩き回っているサラリーマンたちが、ふと休みに来るような場所でした。

そんな中でおとこは、「おれは、もう、なんにも、やりたないんや」と、誰にも聞こえない声で、よくつぶやいていました。

公園のそばにお寺があり、気が向いた時、おとこはお参りしました。ポケットの中のジャリ銭を、ちょこっと賽銭箱に投げました。かみさまなんて、まるで信じないおとこでしたが、その時だけは、「なんか、ええこと、あるように」と、お祈りしました。

周りは幸せそうなカップルや家族連れが何組かいました。おとこは彼らの方には目を向けず、さっさと寺から出ていきました。砂利道に子供が使うような小さな赤いハンカチが落ちていましたが、おとこは拾わず、その場を去りました。


毎日公園にいると、こどもたちのメンバーの顔、ママさんたちの顔も覚えてきます。

おとこは独特なオーラを放っていたので、誰も近づいて来ないし、あいさつも誰とも交わしませんでした。人付き合いの苦手なおとこにとって、その方が都合よかったのです。

スーパーで安い食材、安いビールなどをたまに買ってきては、公園のベンチで一休みして、本を読みながら、そのまま眠って風邪をひきそうになったこともあります。

ある夜、おとこはテレビのニュースも消して、缶ビールを二本飲んで、電気も消して、古いギター音楽をとても小さくかけながら、敷きっぱなしの布団の上に寝転がってました。

半ば眠っていた時に、チャイムが鳴って、おとこは飛び起きました。

「こんな時間になんやろ。借金取りか。まさか」と、おとこはびくびくしながらドアを開けると、小さなおんなのこがそこに立っていました。

「え」としか言えないおとこに、おんなのこは「ねえ、おじさんのおうちにとめてください」と言いました。

公園で何度か見たおんなのこで、おとこは覚えていますが、そのおんなのこのママさんの顔はどうしても思い出せません。

「なんで、ママやパパは？　おうち、ちかいんやろ」とおとこは言いました。

「きょうは、いないの」とおんなのこは、さほど深刻ではないような声で言って、部屋の中に入って来ようとしました。

おとこは少し酔った上に眠気でぼんやりした頭では、考えがまとまらず、結局、色々面倒くさいことするよりは、いったんおんなのこを部屋に入れてあげようと思いました。

「あー、じゃ、いいよ。せまいけど」と言って、おんなのこを招き入れました。

小さなこどもはとっくに寝る時間で、このこは晩ご飯は食べたんだろうか、お風呂は入ったんだろうか、手ぶらだけどパジャマなんてないよな、と思いながら、部屋の明かりはそのままの豆電球で、布団の上しかほとんど足の踏み場のない部屋におんなのこといることになりました。

「トイレはあっち。水は冷蔵庫に入ってるから」と言って、おんなのこは台所で手だけ洗って、おとこが差し出したタオルを水に濡らして顔を洗いました。

おんなのこは何も喋らず、おとこは色々なことが気になりましたが、常日頃、どうでもええわ、という心持ちで生きているので、「じゃ、もうねるよ。朝になったらすぐ帰りや」と言って、布団の上でごろりと寝転び、おんなのこも布団の端にそっと寝ました。

しばらくはおんなのこが気になったり、明日の朝、大騒ぎになったりしたらどうしようなどと思ってましたが、おんなのこの落ち着き払った様子などから、どんな状況か想像は全くつかないけど、多分大丈夫じゃないかと、おんなのこの静かな寝息を聞きながら段々落ち着いてきて、そのうちおとこも眠ってしまいました。

不思議な夜、でした。

小さなこどもでも、ひとがひとり増えただけで、部屋はあたたかく、おとこはいつになく、ぐっすりと気持ちよく、そして長い夢を見ていました。

隣で寝てるおんなのこが、すくすくと成長して、大きくなり、おとこといつの間にか結婚をするという夢でした。

一緒にいて、ごく自然に出会って、ごく自然にくっついて、一緒になるってことがあるんだなと、おとこは夢の中で「これは夢やんな」とうすうす気付きながらも、「こんな夢みたいなこともあるんやな」と思っていました。

誰かといると、あたたかくて、明るくて、何の不安や迷いもない時があるのだ、と知りました。

朝になりました。

携帯電話に知らない番号からの着信が何回もあり、さっきまでの夢の中の甘い気分はすっかり抜けて、おとこはだんだん怖くなり、まだしあわせそうに寝ているおんなのこを叩き起こしました。

おんなのこは目をこすりながら、ぼんやり起きて、おとこはとりあえず水を出して、「なんもないけど、これ飲み」とおんなのこに声をかけ、おんなのこは「おはようございます」と言って、水を飲みました。そして、おんなのこはトイレへ行きました。

「パパやママ、心配してるやろ？　早くおうちかえり」と、おんなのこを半ば強引に玄関に押し出して、アパートの下まで送りました。

おんなのこは、まだ寝起きのせいか、よくわかってない様子でしたが、おとこの言うままに外に出ました。

「おうちはどっちの方なん？」おとこが尋ねると、おんなのこは左の方を指差しました。

「じゃあな。ここにおったって、誰にも言わんとってな」とおんなのこの顔を見て言うと、「うん、いわないよ」とおんなのこは言ってくれました。

「じゃ」と、おとこは、おんなのこの肩をそっと押しました。

おんなのこは左の方へ歩いて行きました。

本当にそっちが、おうちなのかはおとこにはわかりません。

おとこはそっと触った女の子の肩のやわらかさと、手に伝わった女っぽさにひそかな衝撃を受け、動揺していました。

今まで自分が、恋愛や結婚や遊びで触れてきた女の身体よりもずっとなまめかしく、自分のもう死んでいたある器官をふるえさますような興奮をほんの一瞬感じました。

そしてまた、部屋に戻り、携帯の電源を切って、布団にもぐりこみ、力果てるまで眠りました。

東京の恋人

子供は作らないかも知れない
だけどひとりでは生きられない
真夜中の公園コーラを飲みながら
あの子に電話した　星がきれいだった

この街に来た時夢があったんだ
ちょっとは叶ってちょっとは破れた
今は新しい夢があるんだ　心の中にしまってある

色々なことを許してあげよう
悔しくて泣いた夜もあったけど
彼女達はみんな優しかった

東京の恋人　東京の恋人
東京の恋人　東京の恋人
今はどこで愛してる

君は子供の時猫を飼ってたの
僕は犬が飼いたかった
遠い街の話をしている　ビールもたまにはいいね

本当は何がしたかったの　本当は誰といたかったの
今は新しい暮らしがあるんだ
ギター弾いて君に伝えよう

色々なことを許してください
自分じゃなくなった時もあったけど
彼女達はみんないい匂いがした

東京の恋人　東京の恋人
東京の恋人　東京の恋人
風のように消えた

東京の恋人　東京の恋人
東京の恋人　東京の恋人
雨のように濡れて

東京の恋人　東京の恋人
東京の恋人　東京の恋人
今はどこで愛してる

弱いカップル

公園でデートしていた
やっと休みの日があったふたり

小学生くらいの男の子達
元気にはしゃいで遊んでいる

ジュースを飲んだ空き缶を
男の子のひとりが池に放った

怒れなかった僕の
傷ついた心　君は感じた

弱いカップル　弱いカップル　まだ明るい空に月が見えた

生きていると必ず
引っ掛かることがあるんだ
その回数が減って来たら
いつの間にか大人になっていた
コーヒーを飲んだ空き缶を
男の子のひとりに僕は放った
怒れなかった　僕の
怒った心　君は感じた
弱いカップル　弱いカップル　まだ明るい空に月が見える
弱いカップル　弱いカップル　暗くなった空に何も見えない

このみ先生

女教師物のAV見た後　ふっと思い出した
中学二年の副担任　国語の教師　このみ先生

名字をこのみと言った　多分26か27くらい
背が高くて眼鏡をかけて　疲れた感じがよかった

今でもはっきり覚えてる

自己紹介の時の言葉
わたしは大学時代に文学に没頭して
絶望してあきらめて教師になりました
今思えばイタい女かも

笑った顔に翳りがあって
それがちょっと引っ掛かった
背が高くて眼鏡をかけて
乾いた感じが色っぽかった

今になって思い出す

このみ先生　このみ先生

あれから22年経ちました
このみ先生　このみ先生
大人の世界は楽過ぎてつまらないですね

もし今あなたに会えたら　あなたは五十歳前
もし今あなたに会えたら　ホテルに行きましょう

色々なこと教えて下さい　僕はまだガキだから
色々なこと話して下さい　あなたの物語を

三日三晩抱き合ったままで

学校帰り夕方阪急バスに　乗り合わせた
窓の外　見つめる先生の　横顔盗んでた

笑った顔に翳りがあって
それがちょっと本当だった
背が高くて眼鏡をかけて
疲れた感じが好きだった

昨日のことのように覚えてる

このみ先生　このみ先生
あれから22年経ちました

このみ先生　このみ先生
大人の世界は吐き気がするほど退屈やんか

このみ先生　このみ先生
あれから22年生きました
このみ先生　このみ先生
死にぞこないのあなたと僕はもう

会えないの
会えないの
会えないの
会えないの

友達のように

友達のように　君とはもう　話したりできない　そんなものなのか
僕はやっぱり　君のこと　好きになれないけれど
君の話は　また　聞いてみたいと思う

嘘じゃないよ　嘘じゃないよ　もうごまかしたくないよ
君も僕も　本当は誰かを　嫌いになれるわけないよね

あの頃のように　君は湿ったギター弾いてる
君は君の町で　暮らしてることでしょう

ひとりじゃないよ　ひとりじゃないよ　もう離れたくないよ
君も僕も　本当はいつも　笑顔だけさがしていたよね

友達のように　君とはもう　話したりできない　そんなものだろう
僕はやっぱり　君のこと　好きになれないけれど
君の話は　また　聞いてみたいと思う

散歩道

誰にも言えない仕事をしてる　私に寝る前キスをしてくれる
あなたは本当にいいひとね　お金は全部あげるから

明日はやっと休みだから　たっぷりお昼寝して
近所に出来たステーキ屋で　お腹いっぱい食べましょう

大事なことは　言わなくていい
大事なことは　わかっています

誰かに本当は言いたいの　私のこの幸せ
あなたと手をつないでる　ファミリーマートの帰り

布団ばさみを買いに行くと　あなたは自転車で百均に
ふっとこのまま帰らないのかな　空が陰った昼下がり

紅茶をいれてキッチンで　ほおづえついて待っていた
あなたは笑って帰って来た　私はちょっと泣いた

本当のこと　言わなくていい
本当のことは　わかっています

誰かにたくさん言いたいの　私のこの幸せ
あなたと手をつないでる　いつもの飽きた散歩道
誰にもきっと言わないの　私のこの幸せ
あなたと手をつないでる　いつもの二人の散歩道

I love you

電車の中　時々　愛を見つける
小さい手紙読んでいる　紫の老婆

ひとを殺したひとも　あたりまえ死んでゆく
花を並べて　歌が流れて

君の瞳に　何が映ってる
たった今わからないまま　それでもお茶は運ばれて

ひとを愛したひとは　自分殺して
花を並べて　歌が流れて

海に出て行く　夢を見たけど　誰もいなくて　ひとり泳いでた
映画のように　涙拭いて　身体起こして　朝を迎える

恋が終わる　愛がはじまる
同じ言葉　繰り返してく

愛が終わる　恋がはじまる
君の名前　繰り返してく

失くしたものは　何も無いと
気づいた時は　大人の私

それでも誰かの　指に触れたい
声に抱かれて　夜に流れて

街に出て行く　夢を見たけど　誰もいなくて　ひとり歩いてた
子どものように　歌を作り　大きな声で　歌いながら

恋が終わる　愛がはじまる
同じ言葉　繰り返してく

愛が終わる　恋がはじまる
君のことを　繰り返してく

恋が終わる　愛がはじまる
同じ言葉　繰り返してく

愛が終わる　恋がはじまる
君の名前　繰り返してく

I love you

愛とは

愛することは楽だな　ただただ想えばいい
夢じゃないよ　生きることは　一緒にいることがすべてかもしれない

見上げた夜空　きれいじゃない方が好き

愛するひとよ　僕のこと
きらいになったら　離れたらいい
愛情なんて　邪魔かもしれない
本当は君のこと　見ていたいだけ

夢じゃないよ　想うことは
一緒にいなくても　感じたいから
見上げたあなた　可愛くない方が好き
愛するひとよ　僕のこと
きらいになったら　淋しいけど
愛するひとよ　僕のこと
きらいになったら　逃げたらいい
　　　　　　　　　忘れたらいい
　　　　　　　　　離れたらいい

「東京の恋人」from『東京の恋人』〔2005〕
「弱いカップル」from『My Tokyo EP』〔2010〕
「このみ先生」from『しあわせのイメージ』〔2007〕
「友達のように」from『豊田道倫』〔1996〕
「散歩道」from『POP LIFE』〔2009〕
「I love you」from『実験の夜、発見の朝』〔1998〕
「愛とは」【未発表作品】

第六章

家族

家族メモ［二〇一二年一〇月に思ったこと］

父と母がいて、
ぼくが生まれ、妹もできて、
祖父とぼくはドライブして、
母と祖父は買い物して、
父と妹は本を読み、
ぼくと母は医者に行き、
父と母は映画を見て、
ぼくと妹はテレビを見て、
祖父と叔母がけんかして、
叔母と伯父が話し合って、
従兄弟と妹は庭に出て、
母とぼくはお菓子を食べて、

メモ2

実家にいた時、猫を飼っていた。向かいの人が、道に段ボールに入れられて捨てられている子猫二匹を拾ってきて、オスの方を引き取ることにした。

動物を飼うのははじめてのことなので、嬉しくてしょうがなかった。

家に来て一週間程したある日、窓の外に子猫と同じ柄の大きな猫がいて、こっちを見ていてぎょっとした。

多分、母猫のような気がした。

ちゃんと育ててくれるか、心配していたのだろうか。

それ以来親猫は姿を現さなかった。

メモ3

本橋信宏さんの『悪党ほど我が子をかわいがる』は、育児本として参考になった。

メモ4

昔、ある女性ファンに、「あなたの歌にはよく家族という言葉が出てくる。そこはきらい」と手紙で言われた。

彼女は、必死で家族から逃げて生きているようなひとだった。

ある年の瀬のライブに来てくれて、冬なのにサングラスを掛けて、「正月は大阪にいますので」と、電話番号が書かれたメモを手渡された。飛田新地のお店だろうと、なぜかすぐにピンときた。

正月帰省して、家族でゆっくり過ごして、東京に帰る前に彼女に会いに行った。

メモ5

八月某日
土曜日、息子と浅草へ。
従兄弟に電話して、花やしき前で待ち合わせ。息子は遊園地ということではしゃいでいる。

落ち合って早速入るが、お化け屋敷の前を通っただけで恐がりの息子は不機嫌になり、乗り物など何も乗ろうとしない。乗りたかった乗り物が、お化け屋敷のそばを通るだけでだめらしい。

じゃ、お昼にしようかということで、焼きそばを買ったが、これが殺人的に不味くて、ぼくも息子も残した。従兄弟は平らげた。

結局、ザリガニ釣りだけして、花やしきを出て、マクドナルドへ。ハッピーセットで、機嫌直る。

従兄弟と別れて、二人で隅田川へ。川べりの水たまりに何かいるようで、息子はずっと遊んでいた。

夕方になり、神宮球場へ。

友人二人と外野席で落ち合う。

息子は「みんな、やきゅうにきょうみあるのかなあ」と不思議そうに言っていた。

枝豆や焼きそば（また）など食べる。

途中、花火が上がり、その直後にバサーッと大雨が降り、大混雑しながら慌てて中に避難。息子が潰されないよう必死だった。

雨が上がった後、客席へ。息子はちょっと寝る。

ゲーム終わって、帰る。渋谷からのバスを待っている間、「今日は何が楽しかった？」と息子に聞いたら、「やきゅうのとちゅうで、あめがばさーっとふったのがたのしかった。あれはちかくに、くじらがいてしおをふいたんだよ」と言って、ケラケラ笑う。こっちは雨に濡らさないよう必死だったのになあ。

バスが来て、並んで座れた。

メモ6

川崎長太郎という作家を知っていたのは、親族では母方の祖母だけだった。

メモ7

小学校の頃、周りの自分の家より裕福そうな家には憧れなかった。大きな家とか、車とか。

自分のところより、貧しそうな家族になぜか惹かれた。

なんでかね。

メモ8

妻と子がいて、
母と妻が笑って、
妻と父がドライブして、
妹と子が遊んで。
ぼくと子が眠って、
妻と子が起きて、
父と子が新聞読んで、
母と妹とごはんを食べて、
子は虫と遊んで、
猫に子は声をかけ、
ぼくは祖母に電話して、
叔父と子が遊んで、
叔母と母は台所へ行って、

ぼくは妻に荷物を送って、
子は父と将棋をして、
母と妹は食器を洗って、

メモ9

東京に来た頃、当時まだ実家に住んでいたカメラマンの家に行ったことがあった。
番犬のような彼の母親がいた。
「あなたの見かけ、ふつうね。ロックなんか出来るの」と言われた。
別の友人は、いきなり「男と女はセックスよ」と言われたそうだ。
彼の母親は、ずっとキッチンにいるようだった。

メモ10

女友達の妹が、近々結婚式を挙げるらしい。
随分前のことだが、彼女と親しかったことを知って、女友達は飲んでる時、

「煙草を買いにいく」としばらく外に出て、煙草とカードを買ってきて「妹に何かメッセージ書いて。式の時に渡すから」とカードを渡された。
照れてなかなか書けず、それから二杯シークワーサーサワーを飲んで、サングラスを掛けて、やっと書けた。

メモ11

息子（五歳）は、月にウサギがいると信じている。

家族旅行

家族旅行に出掛けるなんて言ってた君
確かに店にも出ていないみたいだけれど

やることない
風を感じたりしてる扇風機
自転車屋の前
水を飲んだりしてる

学校からも逃れて
会社にも付いていけない僕
君は十四の頃から
君のためにだけ笑っていた

夏はいつも短い
川原で日に焼かれながら
君の土産を待っている

家族旅行に出掛けるなんて言ってた君
確かに店にも出ていないみたいだけれど

やることない
一人で夜明けまでフォークしたり
コンビニの前
朝刊なんか読んだりして

学校からも逃れて
会社にも付いていけない僕
もっと早く君に出会えたら
僕は軽く笑えたのに

夏はいつも短い
白い朝にまみれる前に
君の夢見ながら眠りたい

家族旅行に出掛けるなんて言ってた君
確かに店にも出ていないみたいだけれど

家族旅行に出掛けるなんて言ってた君
実家で飼ってる猫ちゃんはひとりで留守番しているかな
家族旅行に出掛けるなんて言ってた君
家族旅行にこの僕も行かなきゃ

大人になれば

眠りかけた　ふとんの中に
下から聞こえるのは　父と母の低い声

しかられて　上にあがり
カセット聞きながら　泣きつかれ　ひとり

明け方に下におりて　ストーブつけると
ねこも起きてきて　ミルクあげる　おいしいか

大人になれば　友達や恋人が出来て
大人たちのように　笑えるんだろう　きっとね

キリスト教病院

ポケットの中に　両手突っ込んで歩いてると
どこからかお袋の叱る声がする
ありがとう　ごめんなさい　ひとりつぶやいて
電信柱にぶつかりそうになる

端っこ歩いてしまう　子供の頃と変わらない
好きな人が声を掛けてくれても
こんにちは　ごめんなさい　猫の尻尾踏んじゃった
病院の前でしゃがみこむ

14センチの靴

ハラを壊した息子を　自転車に乗せて病院へ
薬を貰って水を飲んで駅前の靴屋に向かった

保育園で遊ぶ時に履く安い靴が欲しいんだ
店に入った　とても親切なおじさんが出て来た

アンパンマンの靴を持って来て「これいいよね」と履かせた
ちょっと派手で田舎っぽい　３０００円もするんだな

最近家の中がだんだん　だんだんなんか荒れてきて
君と僕の心も　だんだんゆっくり離れていくようで

子どもはどんどん育ってく　たくさん何でも食べるけど
昨日の晩は何度も吐き　君がずっと看てくれた

店の奥から出してきた靴　サイズ合うのはこれしかない
女の子用だけどしょうがない　安いからこれにしようか

14センチの靴を　息子に買ったんだ
14センチの靴を　僕も昔履いていた

家に帰って手を洗って　バナナとパンを食べた
薬を飲んでぼーっとして　二階に一緒に上がった

布団の上でちょっと遊んだ　息子はすぐに寝てくれた
昼寝しようかな　二人で　小さな指を握った

夢の中笑っていた　夢のように笑っていた
君と僕　息子で　思い切り笑って遊んでいた

14センチの靴で　息子は走っていた
14センチの靴で　僕も昔走っていた

14センチの靴を　息子に買ったんだ
14センチの靴を　君も昔履いていた

14センチの靴で　息子は走っていた
14センチの靴で　僕も昔走っていた

走っていた　走っていた
走っていた　走っていた

走っていく

「家族旅行」from『ROCK'N'ROLL 1500』〔1995〕
「大人になれば」from『人体実験』〔2003〕
「キリスト教病院」from『sweet26』〔1997〕
「14センチの靴」from『ギター』〔2009〕

第七章 生と死

斎場に、音楽は鳴らなかった

朝早いのは割と得意で、目覚ましを掛けていても、心配性なのか、その時間の前には必ず目が覚めてしまう。

連絡が来たのは昨日のことで、まるで実感が湧かないし、どうしてよいのかわからない。

通夜も告別式もなく、火葬のみ急遽行われるという連絡が来た。少し詳しい話を電話で友人から聞いた。

バスに乗ってる時に、元妻から電話が来た。詳細、また伝えると言って、切った。

火葬場に行くのも迷った。

夜、礼服の準備を確かめたが、やっぱりこれを着てお別れに行くのはつら過ぎる。

とりあえず寝よう、いっそ寝坊して行けなくなってもよい、と思いながら眠ったが、やっぱり早くにスキッと目が覚めて、よろよろと起きて、礼服に着替えた。

新宿で地下鉄に乗り換えるのだが、まだ早いので駅地下のカフェに入って、モーニングを頼んだ。

こういう時は、普通にコーヒーを飲んでいても味があまりわからない。カウンターで同じようにモーニングを頼んでいる人達は、これから出勤するひとが大半で、忙しい朝のほんの一時の安らぎの時間を楽しんでいるかのように見える。

そういえば、もう一〇年程前、女の子と歌舞伎町のラブホテルに泊まって、ここでモーニングを取ったことを思い出す。

当時、友人からコニカのヘキサーというカメラを貸してもらっていて、よく持ち歩いていた。それで撮ると割と何でもよく撮れて、一時雑誌で写真の仕事もしていた。

そのカメラで撮ったここで一緒にモーニングを食べた女の子の写真が何枚かあって、とてもいい写真だったが、結婚する前にまとめて捨ててしまった。

ちょっと勿体なかったかな、などとどうでもいいことを思って、気をまぎらわせ、いい時間になったので店を出て、地下鉄に乗った。

彼とはじめて出会ったのは、新宿の小さな店で行われたライブで、レコード屋でたまたま手に取ったチラシを見て、全く未知の名前だったけど、そこに書いてあったミュージシャンのコメントに惹かれて行ってみることにした。

そのコメントは、彼の演奏中にトイレに行って涙をぬぐおうと顔を洗っていたら、別のミュージシャンもやって来て泣いていた、というものだった。ギターの演奏でそこまで泣かせるというのは一体何なんだ、と思った。

その夜の演奏の光景はよく覚えている。

ステージ上には彼を挟んでギタリストとターンテーブル奏者がいたが、真ん中の彼の風貌、存在感、ギターの音には相当インパクトがあった。

今まで一体何の仕事をしてて、どんなところに住んでいたんだろうと思うような身体つきと、むくんだ手で奏でるギターの音は小さくて、限りなく繊細で、一音一音を歯を食いしばって、「一生懸命」というのはこのことかと思うほどの演奏で、圧倒された。

客席は一〇人いるかいないかのような閑散とした具合で、酔っぱらって入って来た客がヤジを飛ばしたりして、競演のギタリストとつかみ合いになりそうになったりしたが、彼は意に介さず、ボソボソした声で、「トーキョー、ノッテルかい?」とギターを弾きながら呼びかけたりした。

その時は言葉を交わさなかったが、ひとを通じて、当時大阪に住んでいた彼と交流が始まり、神戸での彼の主催のイベントに出演したり、大阪や東京で何度も一緒に演奏をした。

はじめて見た時と変わらず、一音一音にこれでもかと言うほど気合いを込める彼は、いつも隣で汗びっしょりで演奏してくれた。

彼のギター演奏はアバンギャルドっぽいが実は違って、基礎はしっかりしていて、本当に何でも弾けるくらいのテクニックがあった。

やがて噂のギタリストとなり、しばらくして、東京に住むようになった。

東京に来る前くらいに、一度ライブ前に楽屋でテキーラを飲んでいたことがあって、演奏は当然グダグダで変なタイミングで乱入してきたりして、自分は思い切り怒ったりした。

今思えば、その頃から段々疎遠になってしまった。

東京に来てからは、ダンスに入れこんでいたようで、その頃の活動は知らないが、時々は連絡を取り合って、自分のライブに来てくれたり、結婚して子供が産まれた時は、本当に嬉しそうな声で喜んでくれた。

彼とは同じ大阪出身で同い年で、父親が学者だということもあり、何か似たような生き方になってるのだと感じていた。生活よりも表現に生きる生活破綻者ではあるが、どうしてもそう生きざるを得ない業を抱えている、と言えばかっこつけすぎだろうか。

とても近い存在になりそうだったのだが、結局そうならなかったのは、彼がドラッグに手を出していたからだと思う。

三年ほど前、「ちゃんとしたアルバム作ってプロになるからスタジオを教えてほしい」と電話がきた。スタジオを紹介して、そこで作業に入ったらしいが、なかなかうまくいかず、挫折してしまったらしいのは、彼が本来とても完璧主義者で、音楽に関して妥協を全く許さなかったからかもしれない。

そのそばにドラッグがあるのは、とても危険なことであるとは彼は誰よりも承知のはずだったと思う。

午前八時半集合で火葬が行われるとの連絡だったが、その時間になってもまだあまりひとは集まらず、ちょこちょこ知り合いのミュージシャンが私服で現れたりして、久しぶりの挨拶を交わしたりしながらも、やはりみんなあまりにも急で実感が湧かないようであった。

ただ、遅かれ早かれ、彼がそうなるような予感もあったのは、それはやはり、彼に染み付いたドラッグの匂いにあった。

自分は何度かそのことを彼に言ったが、もうそういうことはないよ、と軽くかわされた。

段々ひとが集まってきて、五、六〇人程になっただろうか。朝から顔見るメンツじゃないよねえなどとミュージシャン仲間と冗談も軽く言っていたのだが、彼の母親が視界に入って口をつぐんだ。

正直、一瞬この方が彼の母親なのかなと思ったほど、彼の母親は気丈な振舞いで、みんなに挨拶をしていて、泣き崩れたりするような雰囲気はなかった。慌てて大阪から駆けつけたのは昨日のことだったと思うが、この一夜、どういう気持ちで過ごしたんだろうかと、そっと思いを馳せた。

今回、通夜も告別式もなかったのは、彼と連絡がつかなくなった母親が不審に思い、友人に連絡して部屋を見に行ってもらったら、そこで亡くなっていた彼が発見された。死後何日か経っていたため、遺体の腐敗が進み、即、火葬ということになったらしい。当然、棺からも顔は見えない。

近親者以外の火葬に立ち会うのははじめてで、まるで実感が湧かない。焼かれるまでの間、待っているひとのために控え室があるというので、そこに入る。

お茶、ビール、ジュースなどが置かれ、ビールで少し喉をうるおしていたら、彼の母親からの挨拶が始まった。

急なのにたくさんの友人が集まったことへのお礼から始まり、今回の死の経過、母親としての彼への気持ちなど、丁寧に優しい言葉で話された。

そして医者である彼の叔父から、検死結果の説明もされた。原因不明の突然死という判断であったが、長年のドラッグ摂取による身体の衰弱から起こったものではないかということだった。

母親は、「彼は音楽に出会って、思う存分音楽をやって幸せだったと思います。皆様もそう思ってやって下さい。そして、皆様も健康には気をつけて、好きな道を進んで行って下さい」と最後に言って、それからみんなで、彼の骨を拾った。

不思議な天気の日だった。暖かく晴れていたが、小雨がパラついていた。

骨壺を抱えた彼の母親は穏やかに見えた。

自分が産み落とした子供を看取ることは、本来もっとも親不孝なことではあるが、この世で一生懸命努力をしながらも、どうしても生き辛かった子供を看取って安らかに眠るところに立ち会うというのは、母親にとって本当はどういう気持ちなのだろうか。

いや、そんなことは自分が考えることではない。彼の母親の「幸せに生きたと思ってやって下さい」という言葉を心の中で反芻した。

おれは、今死んでも、なにも幸せに生きたって証はない、と思いながら黒いネクタイを取って鞄に入れ、シャツのボタンをひとつだけ開けて、仕事に向かった。

サマーソフト

コートのボタン外して　恋人の手紙読み返す
少し心あたため　地下鉄の中涙落とす

乱雑な部屋の片隅で　めしに食らいつく姿
母親には見せられないけど　君なら笑ってくれるだろうか

待てど暮らせど　サマーソフト
彼女はいつも　サマーソフト
待てど暮らせど　サマーソフト
彼女はきっと　サマーソフト

向かいの席親子５人　母親とても美しい
うたたねの男の子落とした　袋からこぼれたパンの耳

僕は目をそらしたけど　母親は臆することなく拾い
子供たちの頭を撫で　しあわせそうに目を閉じた

待てど暮らせど　サマーソフト
君と話したい　サマーソフト
待てど暮らせど　サマーソフト
彼女の幻　サマーソフト

わけのわからない　わけのわからない
わけのわからない　わけのわからない

地下鉄の駅の上　夜の匂い感じたいけど
駅からの道　光にまみれ
僕は店で待ってる
お前の笑顔だけ待っている

待てど暮らせど　サマーソフト
君と話したい　サマーソフト
待てど暮らせど　サマーソフト
彼女はいつも　サマーソフト
待てど暮らせど　サマーソフト
彼女はきっと　サマーソフト
待てど暮らせど　サマーソフト
たたかい終えなきゃ　サマーソフト
待てど暮らせど　サマーソフト
待てど暮らせど　サマーソフト
彼女はいつも　サマーソフト

ＵＦＯキャッチャー

お前の店まで　おろしたてのＴシャツ
駅前ずっとアーケイド　飲み屋からの笑い声

ふらつく頭にアスピリン　冷たいコーラ流し込む
スニーカー紐がほどけてる　私は道にしゃがみこんでしまう

ゲーセンいつもＵＦＯキャッチャー　本当は将棋がしたいけど
誰かに席をとられてる　時間潰しにお前にＵＦＯキャッチャー

狂おしく生きてゆく
死にものぐるいでがっついて
明日も今日も昨日も明後日も飯を食わねばならぬみじめさ
私は幻か　君は人間か

夏の終わりに
夏の終わりに

狂おしく生きてゆく
死にものぐるいでがっついて
明日も今日も昨日も明後日も飯を食わねばならぬかなしさ
私は幻か　君は人間か

夏の終わりに
夏の終わりに
夏の終わりに
夏の終わりに

16秒の夢

夕立は逃げて僕笑った　ライブハウスの前待っていた
レコードは500円で売っていた

バンドはやっぱりよかった　アンコールは今日も無かった
アンケートやチラシはどっかいった

ひとりで街を流してる間
考えてることは16秒後には何も覚えていない

友達が欲しい　友達が欲しい
コーヒーとドーナツ食べたかった
友達が欲しい

土曜日の午後の2時間ドラマ　知ってる役者たちの若い顔
紅茶を飲んでうたたね

図書館の本返しに行く　しおり代わりの小さなメモ
言葉は花のように枯れて

ひとりでごはんを食べてる間
考えてることは16秒後には何も覚えていない

恋人が欲しい　恋人が欲しい
くちびるなめて眠れたら
恋人が欲しい

深夜のテレビのコマーシャルは　高利貸しばかり笑ってる
誰かと見た映画が映ってる　今では遠い街で見たんだ

恋人の頬ふれたい　友達の肩たたきたい
お酒は何杯もおかわり　仕事のことを考える

伝えたいことを語ってみても
お前の心には16秒後には何も残っていない

力が欲しい　つよい力が欲しい
消えていきたくないから
大きな金が欲しい

力が欲しい　つよい金が欲しい
殺されたくないから
力だけが欲しい

プレイボーイ・ブルー

この国以外のものは　たいてい面白い
誰かが言ってた言葉に　簡単にうなずいた
汗まみれで何かやっても　何にもならない
一晩飲んで笑って　お金は残らない

明日はどんな女の子と　遊ぼうかな

この僕以外のひとは　みんな楽しそう
ずっと忘れていたけれど　ふっと我にかえる

明日のバイトは　どんなひとと一緒かな
久しぶりに友達が欲しくなった

今夜はどんな女の子と　遊ぼうかな

この国以外のものは　たいてい面白い
子供達が笑ってる　保育園抜け出した

たった一行だけの詩を　誰かにほめられたい
それまでなんでもいいのだ　虫のように生きる

プレイボーイ・ブルー

I AM MT

ぼくはひとりで飲んでいます
納豆パスタ上手につくれました

あの子がいないこの街では外には食べにいかない
クックパッドで今日もレシピを覚えました

何となく過ぎてゆく
何となく生きてゆく
何となく落ちてゆく
こんなことになるために　生まれて来たわけじゃないから

歌をうたうことに決めたんだ　誰も聴いてくれなくても
君を愛する事に決めたんだ　振り向いてくれなくても
ただ　今　死にそうだから　ただ　今　死にそうだから　ただ　今　死にそうだから
ただ　今　死にそう　シーソーゲーム

好きでもない女の子と遊んでしまった　ごめん
それなりに楽しくて　よかったよ

あの子がいないこの街では外には食べにいかない
クックパッドで今日もレシピを探してる

何となく過ぎてゆく
何となく生きてゆく
何となく消えてゆく
こんなことになるために　生まれて来たわけじゃないから

歌をつくることに決めたんだ　誰も聴いてくれなくても
君を愛する事に決めたんだ　振り向いてくれなくても
ただ　今　死にそうだから　ただ　今　死にそうだから　ただ　今　死にそうだから

「サマーソフト」from『ROCK'N'ROLL 1500』[1995]
「UFOキャッチャー」from『奇跡の夜遊び』[1996]
「16秒の夢」from『ROCK DREAM』[1999]
「プレイボーイ・ブルー」from『POP LIFE』[2009]
「I AM MT」【未発表作品】

第八章

夜と夢

午前二時のコカ・コーラ

午前四時過ぎにアラームが鳴った。小さくて柔らかい音。

「あれ、誰の？」

「あたし、つけてないよ」

「え、じゃ、おれのか」

ホテルの時計のアラームではないし、自分の腕時計のアラームが、ハンガーのジャンパーのポケットの中から何十秒か鳴って、止まった。

はじめて寝る相手だったが、もう何年も前から友人としては知ってる間柄なので、特に緊張もせず、朝方まで抱き合って、ぼんやり寝ようとしていたが、あの時鳴ったアラームは夢だったのだろうかと、時々思い返している。

小物を無くしがちの自分は、玄関の棚に置くようにしているので、たとえ午前四時にアラームが鳴ったところで、そんな時間まで起きていることもないし、わからない。

そんなことをふと思ったのは、息子とプラネタリウムに来た時で、始まるまでの時間、文字盤をバックライトで照らしている時に、なぜか思い出した。こんな時にアラームなんか鳴るはずないけど、一応と思いながら設定時刻を確認したところ、果たして設定時刻は午前四時二分だった。

こんな設定をしたはずはないのだが、そもそも使い方をちゃんと把握していないので、適当にいじっているうちにそうなってしまったのだろう。

そういえばあの子、よかったなあ、もうあんなことになることはないけどと、ちょっと追憶に耽っていたが、プラネタリウム劇場は上映を前にして本格的に暗くなり、そんな雑念はどこかに消えて、映し出される嘘くさい品川の夜空に、午前中から吸い込まれていった。

夜遅い時間は、本来苦手で、大抵夜中は寝ている。家では起きていても、午前一時くらいまでだろうか。

ライブの打ち上げも、せいぜい一時から二時までが限界で、その時間になれば帰宅するかツアー中ならば宿に戻る。

ツアー中、なぜか寝る前に、必ずナタデココヨーグルトをコンビニで求めて帰る。

歌って喉が少し痛かったり、疲れていたりするので、ナタデココの触感、喉をつるんと通る感じが欲しいのだと思う。まあ、そんなことはどうでもいいか。

また、なぜか打ち上げでみんなと離れてからコンビニに行くと、あれ、ちゃんとごはん食べてなかったなと急に空腹を覚え、ついついコンビニ弁当を買ってしまったりする。

普段、東京の生活ではコンビニ弁当を買うことはまずない。バイトの休憩中でどうしてもそれしか食べられるものがないような時は買うが、時間があり、自炊出来る場合や、外食などの選択肢がある中では選ばない。

それがなぜか旅先の夜中、三八〇円ののり弁当を買ってしまって、部屋で、太るよなあと思いながらむしゃむしゃと食らいつく時間はたまらなく至福なのである。おいしくもないものを食べて、何がいいんだろうなあと後から思う。

弁当は、温めない。


三年前の夏、知り合いのアーチストに誘ってもらって、ソウルでのアート系のイベントに参加した。

一〇日ほどの滞在で、その間ずっとゲストハウスに宿泊していた。

日本から来ていたアーチスト達は、割と固まってゲストハウスに泊まっていたのだが、自分が泊まっていたゲストハウスは日本人は一人だけで、しかもイベント会場からもっとも近く、何かと便利な場所にあった。

他のアーチストは、会場での作品作りのため連日朝から作業しているのに、自分は二日間演奏するだけなので、毎日ずっと昼寝していた。夕方、作業が終わったアーチストが訪ねてきてくれて、毎晩あらゆるところで飲んで、食べて、午前三時くらいにゲストハウスに戻るという日々だった。

通訳をしてくれた大学生の女の子は、毎日朝七時まで飲んでますよーと言っていたが、確かに三時まで飲んでても全然酔わないし、まだまだいける感じだったが、お金や学業の方はどうなってるんだろうとも思った。だが、そんなつまらないことがどうでもよくなるほど、ソウルの若者は元気で、街も賑やかだった。

みんなで飲んでいるところから別れて、ひとりで食堂に入るのもよかった。そんな店は大抵妙齢の女性がやっていて、焼酎とスープか何かを注文して、黄色いたくあんをかじりながら、ぼんやり過ごすのが好きだった。

それからコンビニで焼酎よりも高いミネラルウォーターを買って、虫がか細く鳴いているのを聴きながら、しんとしている道を歩いて、ゲストハウスに戻る。

そういえば韓国では、しょっちゅう、あ、おれはここで死んでもいいや、という気持ちになった。

ホンデという街のゆるやかな坂道の上や、インサドンの路上など、何か胸をすくような場所があるために、そう思ってしまったのだろうか。

毎晩の宴は本当に楽しくて、自分の人生でもああいうことはこの先ないんだろうなあと思うが、その中で交わした言葉や何か自分が感じたことは、もう忘れてしまった。

覚えているのは、散々飲んでやっと帰ったゲストハウスのインターフォンに帰りを告げる時の、女主人の眠たげだけど妙に色っぽい「ネー」という声色だけは、未だに耳の近くで鳴っている。

あるバンドのライブを見て、その時、客でいた女の子がどうしても気になって、声を掛けて、朝まで過ごしたことがあった。

自分が二二、三の頃だから、もう二〇年も前のことか。

そのバンドは凄く好きだったのだが、その日はアルバイトが入っていて行けるかどうかわからなかった。

何とか時間に間に合いそうだったので、慌てて会場に向かい、当日券を求めて買った。

その時、同じように当日券を買っていたお客の列があって、その中に彼女はいた。

当時の渋谷系のわかりやすいお洒落とは違って、彼女は黒いフード付きのTシャツに、ジーンズを履いていて、そのシンプルさがその場では逆に目立った。バンドは人気もありつつ、三枚目のアルバムを出して、もう解散するという寸前のライブで、打ち込みの乱暴なリズム、破けたギター、ヘタだけど甘いヴォーカル、徹底してシニカルなステージングがよかった。

ライブが終わって、駅までの路上で、彼女に声を掛けた。当時は携帯電話もなかったし、みんな終わった後はそれぞれの思いを抱えたまま、それぞれの表情でいて、そんな人達の中にいるのもライブの楽しみだった気がする。

どういう会話を交わしたのかは覚えていないが、駅から少し離れた小さな飲み屋に入った。

彼女は日本酒を飲んだ。歳は二〇歳だったと思う。小柄で、まだ子供っぽい顔つきだったが、何かすごい女の子だった。

「安部公房の『壁』は読んだ?」と聞かれ、読んでない、と答えて、彼女はちょっと落胆したようだった。

仕事は掃除のバイトをたまにしてると言っていた。

土方バイト帰りで金があったので飲み代を彼女の分まで払おうとすると、それはいいから、と堅く固辞して、彼女の分は彼女が払った。

それから始発が走るまで、街を歩いて、話して過ごした。

このひとと仲良くなりたい、友達になりたいと思ったが、それは到底無理だとわかった。それが自分の幼さや世間知らず、頭の悪さのせいなのかはわからなかったが、大学を中退して、ふらふら生きている自分が、このままではだめだと思った。自分に絶望したはじめての時だった。

彼女の名前や連絡先を聞こうとしたけど、「このままでいいんじゃない」と言われて、お互い名乗らなかった。

大阪城公園という駅で別れて、先に電車に乗った彼女に手を振ったら、彼女も手を振り返してくれた。

この自分の中だけで完結している二〇年前の思い出は、そのすべてが今となっては幻か夢だったような気もするが、時々、あの夜の街の雑居ビルとビルの間や、誰も入らないような薄汚いホテルのカウンターや、真冬の川べりに、この思い出がフィルムとなって、そっくり残っていないかなと思うことはある。

あらゆる記憶が、アコースティックギターの音で蘇ってきてしまうのは、自分がずっと歌を作ってきたからだと思うが、そんなのはいやだと思って、ギターをケースから出さないまま何週間もいる時もある。

ギターに触れると、朝でも、昼でも、夜になる。

夜中に部屋を出て、冷たいコーラを買って飲むのを好きになった頃、ダイエットコーラやカロリーゼロコーラはまだなかった。

海を知らない小鳥

やりつくしたし　疲れたし
あたしはもう帰るわ　こんなホテルじゃ眠れんし

あんたはほんまの変態　恥を知らない男の子
でまかせだらけの嘘つき野郎
それでも今夜は最高だったわ　それでも今夜は最高だったわ

いつまでこんな生活を　続けてゆくのかしら
最近肌も荒れぎみ　腰も何だか立たないし
あんたはケバいこの部屋で　一生いびきをかいててね

夢から覚めた小鳥が　私の肩で歌うの
島倉千代子のあの歌を　フルコーラスで歌うのよ

午前3時の空気を吸って　川に沿って歩けば
ほんまに海に出るんかな
あたしは海を知らないの　それでももうすぐ二十歳になるの

いつまであんな生活を続けてゆくのかしら
まったくお金もなくなるし　仕事もとっくに飽きてるの
あんたはケバいあの部屋で　一生夢を見ていてね

夢から覚めた小鳥に　なりきれんかったあたしは
あんたのアホ面踏んづけて　熱いシャワー浴びるわ

みんなあんたが悪いのよ　自分勝手なやり方で
後ろの穴を可愛がる
それでも光は見えたけど　それでも光は見えたけど

いつまでこんな生活を　続けてゆくのかしら
最近肌も荒れ気味　腰も何だか立たないし
あんたはケバいこの部屋で　一生いびきをかいててね

Vシネマ、カウンターで

歌舞伎町のバーで
テレビで流れてた
Vシネマの映画
音は聞こえなかった

あんな映画のように
生きてみたい
安っぽい作り物
本当のことはなかったことにして

愛している
芝居なら言える
愛している
芝居なら言えた

女はいつも幻
女はいつも夢
どこに消えたか
どこで抱きしめたか

あの映画の女のように
生まれかわれたら
安っぽく派手な化粧
本当の顔はなかったことにして

愛している
芝居なら言える
愛している
芝居なら言えた

歌舞伎町のバーで
テレビは消えた
芝居は終わりだ
家に帰るのか
家に逃げるのか
家で待つのか

ATM

夜の街を
携帯カメラで「ガシャ」
小鳥が飛んだ　雨が落ちた
チケット一枚握りしめ
歩道橋の上　風に吹かれる

どこまでも　どこまでも
どこまでも　どこまでも
ごまかしていけるか　僕の気持ち
ごまかしていこう　オレの顔

嫌いになってしまった人たちのこと
思いだした

ＡＴＭで思いきり金を借りて
この街を離れ　たびに出ても
三日もすれば飽きるだろう
汚いベッドが恋しくて

知らない女と遊んでみたい
知らない女に抱　かれてみたい
知らない女にしゃぶられてみたい
知らない女と暮らしてみたい

好きになってしまった人たちのこと
思いだした

A―あたりまえ　T―たっぷりと　M―もっともっと
ATMの白い光に向かって走ってゆく
オレとお前　夢に向かってか

A―あんなに　T―とんでもない　M―もの
に向かってるんだ

The End Of The Tour

路で泣いていた子猫を　抱きしめることもなく
スーパー玉出で買って来たおにぎりを　そっと投げてあげた

誰かとずっと愛しあう　そんな夢この街にはなくて
ただただ今日という日を　やさしく終わろうとしてる人達

旅の終わりにこの街を選んだ
旅が終わるか僕が終わるか何か始まるか

安宿のロビーで紙コップのコーヒー飲んで
誰かが落とした漫画を　ペラペラぼんやり眺めていた

ベッドの上のパソコンでずっと音楽を聴いていた
星空なんか見えない　狭くてくらい部屋だけど

風を感じた

東京にもあったんだ　確かに僕は幸せだった
東急ストアで買って来たお弁当を　身重の君にそっとあげた

誰かとずっと愛しあう　そんな夢とっくに川に捨てた
ただただ今日という日を　やさしく終わろうとするこの街に来た

旅の終わりに君を選んだ
旅が終わるか僕が終わるか何か始まるか

立ち飲み屋のカウンターでずっとひとり飲んでいた
考えることなんて　もう何もないけど

隣のヤクザのおっちゃんが酒をおごってくれた
断ろうとしたけど　本気で怒られそうになった

安宿のロビーでメロンパンを買ったんだ
部屋に帰ったら忘れて　いつのまにか眠っていた

朝になれば環状線が近くで走って目が覚めた
何も変わらない日が　容赦なく僕に訪れた

ちゃんと起きれた

ちゃんと愛せた

「海を知らない小鳥」from『ROCK'N'ROLL 1500』[1995]
「Vシネマ、カウンターで」from『SING A SONG』[2004]
「ATM」from『SING A SONG』[2004]
「The End Of The Tour」from『m t v』[2013]

豊田道倫×梅佳代―フォトセッション

ALTA
ALTA
'13 2 20

STUDIO
Glam★Baby
STUDIO

'13 2 20

ここまで

'13 2 20

未来のミュージアム
通常盤(CDのみ)
UPCP-5003／¥1,000(tax in)
初回限定盤(CD+DVD)
CD
1. 未来のミュージアム
3. 未来のミュージアム -Original Instrumental-
-Original Instrumental-
DVD
未来のミュージアム -Video Clip-
2.27 ON SALE
'13 2 20

13 2 20

'13 2 20

'13 2 20

'13 2 20

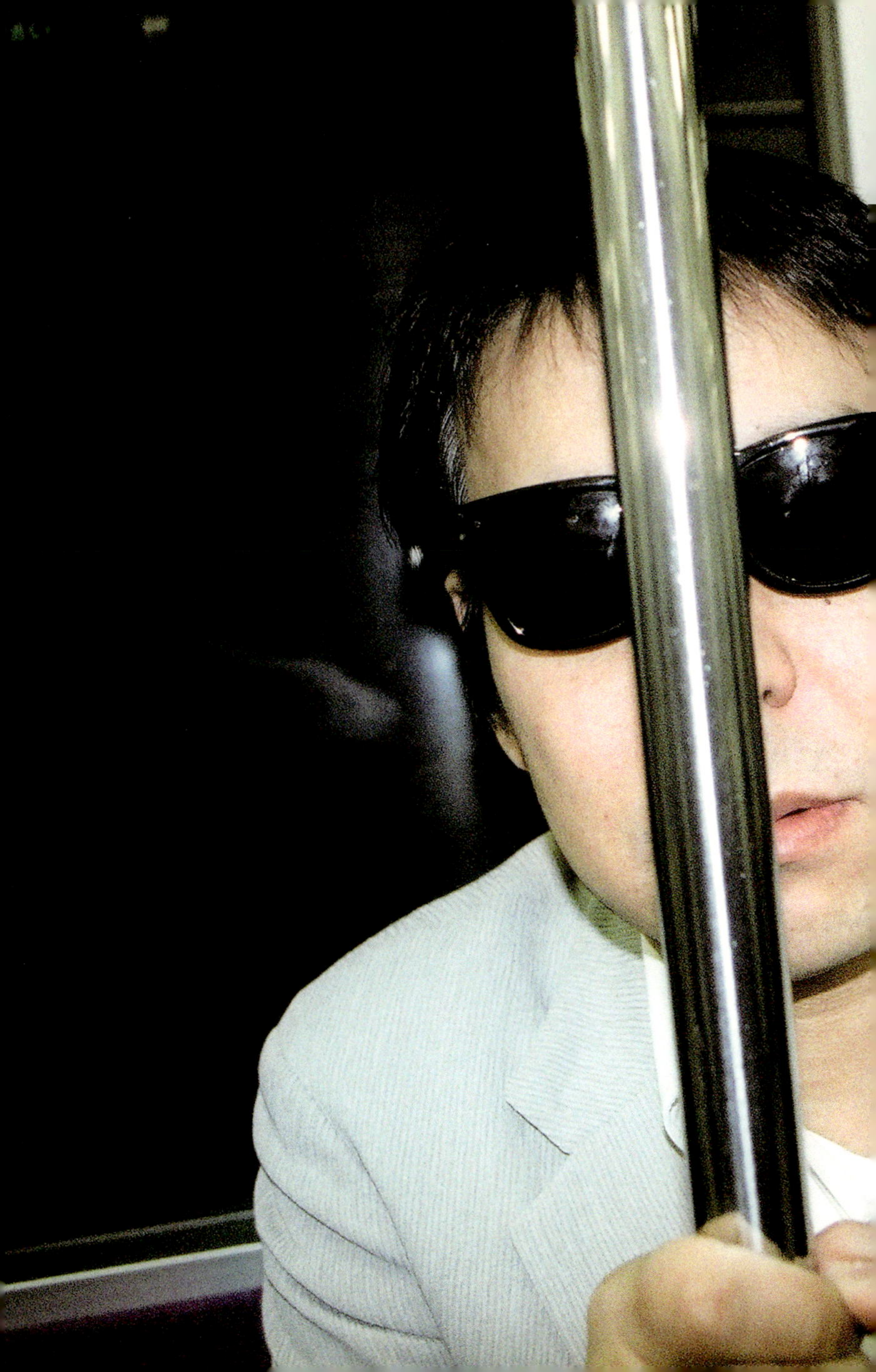

いまは朝の9時半やけど
みちのりさんをおもいだします。
いつのまにか10年くらい前から友達です。
おもいだしたら見かけが同じかもしれません。
みちのりさんと新宿を歩いていたら
みちのりさんは路上駐車されている車に轢かれて転がりました。
そんな人、初めて見ました。
あと、喫茶店ではりきって「レーコー!」と言ったら
店員に「え!?」って聞き返されて
「アイスコーヒー」と言い直していました。
言い直したときは少しかっこつけてた気がします。
これのレスカ(レモンスカッシュ)バージョンもあります。
おでこにかけたサングラスがしゃべっている途中で
カシャーンって普通の目の位置に戻っても
最初っから普通にサングラスしている人みたいにしゃべってるところが
好き。
私が20代前半のころ豊田さんのライブで受付の女をしました。
受付の女といえば尻軽みたいやけど私はちがうよ。
みちのりさんのファンは男だらけで
チケット代を払うときも目を合わさず
若い男もおじさんもイスに座ると下を向いて
うっとりでもしんみりでもどんよりでもない感じです。
少しいる女の人はうっとりしています。
みちのりさんはうたっていると、とってもカリスマでかっこいいです。
みちのりさんはよく気になる芸能人をメールで発表してくれます。
なので私も発表します。
あと、気になる事件もです。
特におばさんが起こす事件を気にしているような気がします。
そして10年前から今も続くのは
「もやしやごぼうや大根、食ってるか?　ご飯はしっかり食べないとだめだ。」
です。
そしたら私はもやしとか食べます。
私はもやしのこと言ってるみちのりさんが好き。

ボーナス・トラック

bonus track

―ギター弾きの恋、とは―

本当は、ギタリストになりたい。

そのセンスと技術が自分に全くないのはよくよくわかっているので、それは叶わない夢なのだが、ギター一本担いで旅に出て、色々な街で演奏出来たら最高だろうなあとよく思う。

小さいけどおいしいお酒と食べ物が揃っているお店で、夜の八時過ぎから椅子に座って、ただギターを鳴らすだけの三五分くらいのステージを一夜に二セットやる。

イメージとしては実はギタリストでは思い浮かばなくて、セロニアス・モンクのような。いや、違うか。雨だれのような、間と間を繋ぐような甘く乾いた音で夢を語る。音のみで。

歌わず、語らずで、お客さんにはギタリストの正体はよくわからない。

終わって一息ついたころ、カウンターでひとりで飲んで聴いてくれていた女性と、少しずつ会話を交わして、一緒にお酒を飲む。

店を出て、女性も酔って、腕に手を回してきたりして、街を歩く。懐には一夜の演奏で稼いだお金が茶封筒で入っている。そのお金でさらに何軒か回って飲む。

そして、自分が泊まるホテルの前まで来て、じっと彼女の顔と瞳を見て、少し長めのキスをして、別れる。

部屋でギターを取り出して、今の心情をつま弾いて、メモ録音して、眠る。

はじめてギターを手にしたのは、小学校の卒業から中学入学までの間の春休みで、梅田のナカイ楽器で、キャッツアイというブランドのフォークギターを母親に買ってもらった。

母親としては、早めに買い与えて、諦めて学業に専念してくれることを期待していたのだが、不器用なりに少しずつギターの楽しさを知り、今に至る。

肉声以外で、音を出すことの楽しさと、言葉以上のものを時に表現出来る面白さに夢中になった。

自分の分身とまではいかなくても、どんな厳しい境遇になっても部屋にギターさえあれば落ち着いていられるはず。逆にどんなに豊かな部屋に放り込まれても、ギターがないとまるで落ち着かないと思う。

しかし、まあへたである。

今でも「巧い」と言われることは本当になくて、それでも好きで飽きずにやっているのは、ただの「下手の横好き」を越えた何か凄みがある気がしないでもない。

本当にいつもギターのことを考えている。

次のライブではどう鳴らしてやろうかとか、アルバムの録音ではこう弾きたいとか。

何本もギターを買い替えてきたが、今でも何か欲しいなと、よくネットをふらふらと見てしまう。便利な時代になってしまった。

大阪にいる、自分と同じく巧くないのによくギターを買ってしまう友人と情報交換している。

彼は比較的安いギターをよく買っているのだが、その買い方が何と言うかセンスがあって羨ましい。

最近は古着屋を営んでいるから、買い物も上手なような。

歌もうたっている彼だが、オリジナルはあまり作ろうとせず、カバー中心なのもいいなと思っている。


よく、ギターを持ってれば女の子にモテるから始めた、とか言っているミュージシャンがいるが、自分はそんなこと考えたこともなかった。

だが、四〇を越えた今になって、ギターを弾けてちょっとはよかったなと思っている。

ウディ・アレンの『ギター弾きの恋』を見たのはレンタルで貸りたDVDで、夜中に見て、ラスト・シーンで思い切り泣いた。

ジャンゴ・ラインハルトに憧れる遊び好きの天才ジャズ・ギタリストには、彼を愛する口のきけない恋人がいた。初めは遊びでつき合っていた彼もだんだん彼女に心惹かれていくが、突然上流階級の派手好きな女と結婚し、彼女をふってしまう。しかし、結婚生活はうまくいかず、やがてひとりになったギタリストは最後……。いや、ここらへんでやめておこう。

ギター弾きの恋は、うまくいかない。

二〇歳過ぎから使っているフェンダーのテレキャスター、結婚した時に買ったギブソンの古いアコースティック・ギター、LG―2。生涯における伴侶だが、果たして死ぬまで添い遂げてくれるのだろうか。
この二本は、自分の本当の気持ちを言葉よりも先に教えてくれる時がある。いつも、何よりも小さな音で。

ギター。

相変わらず練習しないからちっとも上達しないし、愛器はすでにあるのにほかのものに目移りしたり、落ち着かないのは、まるでぼくの人生のようでもある。

―いつか、祝杯を上げる時―

日曜日、息子と区の児童館に行ってきた。前の日、彼が「じどうかんの、さぎょうばにいきたいの」と言うから、よく聞いてみたら、「さぎょうば」というのは日曜日だけやってる図画工作の部屋みたいで、先生がいて子供達がそこで思い思いに自分が欲しい物を作るというものらしい。
行ってみたら女性の先生、小学生の子供達がいて、みんな一生懸命何かを作ろうとしていた。
部屋に入って息子は少し緊張したのか、お兄さんお姉さんの様子を見ていたが、色々な工作物のサンプルを見て、パラシュートを作りたいと先生に言って、材料をもらってきた。

材料は画用紙から段ボールまでの様々な種類の紙、ビニール、ひも、お菓子などの空き箱、空き缶など、身近に手に入る物が揃っており、それで幼児用と小学生用に分かれている完成のサンプルを見て、自分の好きな物を作る。

ずっとその部屋にいるのもあれなんで、先生に「ちょっとその辺出てきてもいいですか？」と訊ねたが、「小学生以下の子はお父さんと一緒につくってください」と言われて、息子と机に座って作ることになった。

簡素で簡単なものだったが、完成したらやっぱり嬉しくて、隣の小学生の男の子が遊び方を教えてくれた。

一人、一日二個までこの部屋で作業してよいらしく、まだ昼までに時間があったが、息子は作ったばかりのパラシュートですぐ遊びたいと言って、部屋を出た。


曲を作ることは、この「さぎょうば」での工作とほとんど同じだと思う。

取って付けたように用意するものや、周到な準備、資金を要するものではなく、身近にあるもので、材料をささっと選んで、特に時間を掛けずに作る。

材料なんてどこにあるんだい？　と言われそうだが、部屋の中、街の中、頭の中、心の中にいくらでも転がっている情景でいい。それが選べないなら、そのひとは曲作りには向いていない。

ギターを持って、まぶたを閉じて、歌詞とメロディーが自然に浮かんできて、そこから流れるように最後まで仕上げる。

リラックスしすぎてもよくなく、力んでもいけない。

「さぎょうば」のような、のんびりしつつも、適度に規律のある部屋が最適だと思うが、ひとりで部屋にいるとリラックスしすぎてしまうので、テレビを無音で付けたりして、そのニュースをちらちら見ながら、何か自分にテンションを加えて作ることがある。

音楽をやっていて、ライブやツアーやレコーディングなど様々な現場があるが、自分が最も興奮する場面というのは、曲を作った時であるのは間違いない。

勘違いかもしれないが、何だかものすごい発明をした気分になって騒ぎ出したくなるけど、そこは大人なので、まあじっとしている。

今はネットで録音したデータをいくらでも発表出来るし、実際プロのミュージシャンも無料でも聴いて欲しいからと作ったばかりの曲をどんどんアップしている。

気持ちはわかるけど、自分は我慢してライブでおろすのを不安も混じりながら楽しみにとっておく。

そしていざライブではじめて演奏する時になると、練習を積んできても作ったばかりなので間違いやすく、落ち込んでしまうこともよくあるのだが、はじめてやる時の雰囲気はやはりたまらなく、お客さんも少し緊張して聴いてくれているのを感じる。

売れなくても歌い続けてこられたのは、こういうお客さん達のおかげだと本当に思う。

たかが一曲、三分からせいぜい四、五分のものであっても、ライブで聴ける曲というのは、もう二度と再現出来ない、賞味期限がその一夜限りの刹那的なものである。それでもひとが歌うそのたかが一曲を聴いて、しばらく生きていけると思ったことが自分には何度もある。

ＣＤでも繰り返し聴けるけど、ライブで聴いた曲というのは記録はされてなくても、記憶の中でずっと残っている。

息子はまた「さぎょうば」に行くのだろうか。五歳だから、これから物を作るのがどんどん好きになると思う。そしてやがて、図画工作が嫌いになったりつまらなくなったりしてしまうかもしれない。それでもぼくはきっとずっと死ぬまで、曲を作り続けていると思う。

やっと自分でも極めたなと思える曲が出来た時、誰も聴いてくれない状況になっているかもしれないが、その時はひとりで自分に祝杯を上げる。

生き続ける楽しみといったらこれくらいしかないが、案外それでもう十分な気もしている。

一舞台を捨てた女と果てしない旅に出る一

「旅が苦手だ」と言うと、ひとには「え？　よくライブでツアーしてるじゃないですか」と返されるが、ライブツアーは純粋な旅ではなくて、やはり演奏してお金をもらっているわけだから、仕事に入ると思う。

それでも普通の仕事をしていたらなかなか行けない街に行けたし、楽しんできた。

「地方の街へ行くと打ち上げとかがやっぱりどんちゃん騒ぎになって凄くて、色々あるんですか？」などともよく聞かれるが、そういえばツアー先では割合静かに飲んでるかもしれない。

東京で飲む時は、自分だけかもしれないが、「飲む」真似をしているように思う時がある。

本当は酒を飲むってこんなんじゃないよなあと思いながら、アルコールを流し込んでいるというか。

やはり、酒というのは色気がある街で飲むから旨いのであって、せせこましい街で飲んでいても、それはそれで味わいはあるが、あまり酔えない。

東京でも隠れた場所には、まだ色気は残っているけれど。

酒の話ではなくて、旅先でのお茶のことを書こうと思う。

名古屋での定宿は栄にある東急インで、一階にスターバックスが入っている。

東京ではスターバックスには滅多に入らないが、名古屋へ来ると必ずここでコーヒーを飲む。

何だろう。チェーン店なのに毎回訪れる度に、おかえりなさい、と言われているような。もう五年か六年くらい前、ライブの翌日に主催してくれた青年とここに長い時間居たことがあった。

東京でのっぴきならない事情があり、帰るのが苦痛で、ここで若い彼と現実を忘れるため意味なく色んな話を延々としていた。よく付き合ってくれたと思う。今でもソファに深く沈みこんでいた自分のことを思い出す。

その彼もそのあと大阪に転勤してしまい、もう名古屋で会うことはないのだが、この間、新大阪駅で偶然会った。もうあんな風に昼間に長々とお茶に付き合ってくれることはないけど、まだ縁があるんだなと嬉しくなった。

札幌に一〇年ほど前に行った時には、台風にぶつかってすごい天気だった。

ＡＶ監督のカンパニー松尾さんが撮影で来ていて、ライブが終わった後、ススキノで会った。松尾さんにジンギスカンの名店「だるま」と、餃子カレーの「みよしの」に連れて行ってもらった。

まともにジンギスカンを食べるのは初めてで、その美味しさや、カウンターだけだが活気あるお店の雰囲気に感激した。餃子カレーも初めは奇異に感じたが、餃子は小さくて食べやすく、カレーもまろやかで美味しかった。

松尾さんが、ススキノで働く人達が仕事帰りに持ち帰りで買っていくみたいと教えてくれた。

深夜までやっていて、街で働く人達がふらっと寄れる感じの小さいけどあたたかな店だった。

それからマクドナルドでコーヒーを飲んだ。

今でも松尾さんは東京での自分のライブに、時間が空いた時に来てくれて撮影してくれるのだが、ライブ会場以外で二人で会うことは本当になくて、では仕事だけの関係かと言われるとそうではなくて、仕事とか友情などという言葉の当てはまらない何かが二人の間にあり、続いているのだと思う。

「松尾さんとこうしてお茶を飲むなんて、本当ないですよね」

「そうだねえ」

と、淡々とススキノの夜景を見ながら、薄いコーヒーを啜った。その夜の時間はとてもよかった。

旅の途中、ライブをやらない街に立ち寄る時もある。

ある時、大阪で演奏したあと翌日空いていたので、ふらっと京都へ行き、喫茶店六曜社に寄った。

マスターのオクノ修さんは、シンガーでもあり、何回か共演させてもらったり、レコードを一緒に作らせてもらったことがある。

ふいに店に訪れても、オクノさんは特に驚くことなく接してくれてコーヒーを淹れてくれる。

忙しいお店なのでオクノさんとはそんなに話せないのだが、カウンター席に陣取って、顔を見て、美味しいコーヒーを飲んでいると色々話したいことが出てきて、いつもコーヒー二杯とドーナツで長々と粘ってしまう。

そう、ドーナツは奥様が毎朝作っていらして、特別なところはなくても何だか胸にしみる味がする。美味しいドーナツと、オクノさんのコーヒーを飲んでいると、夫婦ってやっぱりいいかなあなんて、普段考えないことを色々思ってしまう。

旅の途中で飲むお茶の話で何があったわけではないけれど、忘れがたいのは何でだろう。もっと大事なお茶の場面もあったような気もするが、覚えていない。本当に。

還暦くらいになって、二〇代の女の子と当てのない旅に出るのは夢ではあるが、まあ無理だろうな。

—踊り子へ—

一度、ストリップ劇場でライブをしたことがある。

興行のない日に、一日、イベントで使えることになった。

劇場入りした時には、当然ながら踊り子さんはいなく、ホールは一見普通のライブハウスのようだったが、楽屋に通された時は、そこはさすがにイメージ通りの「ストリップ小屋」だった。
その和室の四畳半の部屋は妙に落ち着いた。踊り子さん達は全国からの巡業なので、興行の一〇日間は大抵ホテルなどは使わず、その部屋に寝泊まりする。建築現場における飯場みたいなものだが、個室だし、掃除は行き届いていて布団の状態も良さそうで、テレビもあり快適だと思った。

廊下には、劇場周辺から自転車で行けるごはん屋さんが地図で示されていて、出番までの時間や終わった後に、私服で行くのかなあと思った。踊り子さんと言っても、舞台をおりると、案外普通の女の子より地味だったりする。またそこが魅力でもあったりするのだけど。

その日のイベントでは、現役の踊り子さんも踊った。

普段は自分とまるで接点のないような踊り子さんに、ライブが終わった後、舞台の袖で「うた、よかったです」と言われた。

イベントが終わって、そのままこの楽屋に泊まりたいとも思ったが、翌朝には全国から踊り子さん達が荷物を持ってやって来る。思いに耽る間もなく、劇場から撤収した。

この劇場は、いまはもうなくなってしまった。

自分の好きな踊り子さんが出るというので、新開地の劇場までライブツアーの合間に見に行ったことがある。八月だった。

大阪から神戸の新開地までは三、四〇分だが、行くまでの間、妙に気分は昂っていた。

新開地に降りるのもはじめてで、劇場に入る前に商店街のアーケードの中にある立ち食いうどん屋で腹ごしらえした。駅の階段のところで、クラシックギターを弾く初老の男性がいて、そのそばで男性の友人らしき男が目を閉じて演奏を聴いていたのを覚えている。

劇場は賑わっていて、目あての踊り子さんは早速ファンを獲得しているようだった。若くて、初々しいだけでなく、少しぎこちない踊りが妙にひとを惹き付ける。美人や美少女という言葉は当てはまらないが、とにかく可愛い。それでいて、普通の大学生という情報もそそった。

東京から遠征で来ているファン達もいた。こういう人達は、自分の好きな踊り子さんのために遠征して、一〇日間劇場に詰める。安いビジネスホテルやサウナに泊まっているんだろうが、いったい普段どんな生活をしているんだろうか。まあ自分も同じような遊び人だから大体見当はつくけど。

その踊り子さんとは、新宿の劇場で少し言葉を交わしたことがあって、その時、鞄に入っていた自分のＣＤを渡した。彼女がそれを聞いてくれたかは知る由もないが、新開地に行った時も新しいＣＤを鞄に入れ、何か小さなメモに手紙を書いて、それを渡そうとしていた。

彼女の舞台を見るのは半年ぶりくらいで、その間に踊りも演技も成長して、肢体も艶やかになっていた。化粧は少し濃くなっていた。

当時三〇代前半の自分にとって、二〇歳過ぎの彼女は、妄想の世界の中では、十分に「恋愛対象」だったのだろう。意識しすぎて、このＣＤと手紙を渡したら恋愛が始まってしまうかもと、ひとりこっそり胸が高鳴っていた。アホかと思われるかもしれないが、まだ若かったんだなと今では思う。

舞台から自分を見つけた彼女は、照れて笑みを見せた。これは本当で、彼女も恥ずかしがってるんだと思うと、こちらも余計照れて緊張がさらに高まり、結局CDは渡せなかった。ヤバいなあ、なんか始まってしまうよと盛り上がるも、尻込みしてしまう自分の意気地のなさに落ち込んだが、まあこんなもんだよなとも。日常を逸脱する行為に憧れつつ、それが出来ないのが自分なんだなと、時に思い知る。

ストリップ劇場は、全盛期には全国に二〇〇軒ほどあったのだが、今では二〇軒ほどになった。確かにこれだけ手軽に女性の裸が見られる時代になって、何千円も払って劇場へ行くのはよほどのことだとは思う。自分も、もう何年も行ってない。

ただ、あの、化粧や汗の匂い、照明とスモークから作られる空間、何年物かわからない古ぼけたスピーカーから割れ気味に鳴る音楽、観客のかけ声や見せ場のシーンで投げられるテープ、回る舞台に乗るひとりの女性。身体。顔。髪。目つき。

しかと見ていたが、あれこそイリュージョンだった。自分は踊り子さんを舐め回すように見つめながら、抱いて、悦んで、果てていた。時には心の中で泣きながら。

その身体は近づこうとしても決して近づけなくて、万が一、踊り子さんと寝ることがあっても、あのイリュージョンを越える甘く切なく果てしない想いになれるかどうかは、わからない。

時につまらないショウを見ていても、ぼんやりと缶ビールを片手に女のこと、ちょっと考えなくてはなあと、自分にしては珍しく殊勝に思ってしまったものだ。

あの時間はやっぱり大切だったと思う。

最後に自分の好きだった踊り子さんの名前を記しておく。

風間ゆずさん。

―月面着陸の靴―

靴を選び始めたのって、三〇歳くらいからだと思う。それまでは履き潰したら靴屋に行って、適当に安いのを買ってくる。そんな感じだった。

革靴は冠婚葬祭にしか履かないので、ずっとスニーカーしか履いてこなかった。

色々履いてきた靴のことを思い出そうとすると、まず、失敗した靴が浮かんでくるのがおかしい。靴屋で気に入って買ったら全然似合わなかったとか、すごくかっこいいのに履いてみたらサイズが合わなくて、それでも履きづらいまま履いていたとか。

靴って不思議で、こだわって選んでいるひとのがかっこいいとは限らなくて、ふらっと見つけて買ってきたひとの方がかっこよかったりもする。靴でかっこつけるのは、実はとてもむつかしいと思う。

選ぶのが面倒なのと、履き心地がたまらなくよいので、三〇代はずっとニューバランスを履いていた。

数字がモデル名なのがわかりやすくて、1500とか1400とか、576とか993とか。1700も好きだったかな。アメリカ製、イギリス製とか中国製、ベトナム製とか。ラルフ・ローレンが愛用していて、もっとも履き心地のよいとされる1300には手を出さなかった。

やはりアメリカやイギリスのものが履き心地よくて、造りも丈夫なのだが、高級スニーカーでもあるので、医者やら弁護士やら富裕層の人達が履いているイメージはある。いつだったか、ラーメン屋でニューバランスのアメリカ製を履いている男性二人組が隣り合わせになったことがあり、このひと達、こんなところでラーメン食べてるけど、実際はすごい稼いでるんだろうなあと、急にいやな気分になったりした。まあ、考え過ぎなんだけど。

前は自分もアメリカ製のもイギリス製のも履いていた。確かに抜群な履き心地で、値段は張るのだが、二駅分は軽く歩けるので、ひょっとしたら減価償却はすぐ出来るんじゃないかと、せこいことを思ったりした。街を歩くのが楽しくて、どこまでも歩ける気にはなった。

四〇歳になった頃から、ふっとニューバランスを履かなくなった。履き心地のいい靴を履いてるのがダサい、おっさんくさい、と思い始めたから。もう、十分にダサいおっさんなのだが。

最近はサッカニーというメーカーのスニーカーを履いていて、気に入っている。もう殆ど製造していないメーカーで、店頭ではまず見かけない。ネットで安く出ているので、それを探して時々買っているのだが、案外履き心地もよく、デザインもいいし、何より今、殆ど誰も履いていないのがいい。

また、サッカニーは人類がはじめて月面着陸した時に履いていた靴を作っていたことで有名で、この話をひとにすると「え、あの月面着陸、本当だったと信じてるんですか？　アメリカ得意のねつ造ですよ」と、夢も希望もないことを言われるのにも、もう慣れている。


つき合ったひとの靴は、割と覚えている。夜の街でネオンに照らされた革の色合いや、ホテルの玄関に脱ぎ散らかしたようなサンダル、靴箱に綺麗にしまわれたスニーカーなど。

街の中で手を繋いだり、腕を組んで歩いている時の相手の服装よりも、靴の残像の方がまだ残っていると今、気づいた。

男の足と、女の足は、まるで別の部位であるかのように違うもののような気がする。大きさも形も役割も。

子供を産み、育てる女の足を包み込む靴は、男の靴にはない履き心地や耐久性ではなく、何よりもお洒落でなければならない。

よく、履き心地の悪そうなハイヒールや細めの靴を履く女性に、足に悪いんじゃない？　と言うと、お洒落は楽して出来ないの、と言い返されるように。

それにしても自分はよく靴を履き潰している気がする。一年に何足買っているのだろうか。まあそんなでもないが、買って履いて、二ヶ月もするとソールがすり減ってきている気がする。何足かをまんべんなく履けばよいのだが、気に入ったのはそればかり履いてしまうし。

家から最寄りの駅までの大きな坂道のせいだと思っている。駅までは上り坂になっていて、楽ではない。バスも出ているので、雨の日や荷物の多い時はバスに乗ってしまう。最近は下り坂が妙にしんどくなったりして、途中で休んだりしてしまい、歳なのかなと思ったりする。

それでも殆ど毎日はその坂道を上り下りしていて、まだこの先何年も生きるけど、時に、もう死にたくなるような思いを抱えて歩いている自分の足くらいは、お気に入りの靴を履いて、ずっとかっこつけていたい。

いつか歩くことが出来なくなくかもしれないその日まで、あと何足の靴を履き潰すのだろうか。

時々、ライブ会場などで「今日のスニーカー、かっこいいですね」と若いひとに言われたりする。大抵「いや、べつに」とすげなくかわしてしまうけど、本当は嬉しい。今度からは素直に「ありがとう」と言おう。

―二〇〇〇年秋に書いた詩―

海へ向かうオレ、光を見ていた
オレは昨日まで、ゴキブリだった
黒い服を着ていた
死んで、今日一日だけニンゲンでいる
死ぬ前は、便所にいた
ずっと、しばらくいた
はしっこで、ニンゲン達を見ていた
ニンゲン達は、便所に来ると、かわる
汚いチンポや、マンコ、コーモンをさらけだし、
便器に腰を掛ける時の顔は、いつもとは違い、
まのぬけた、きのぬけた、
でも、どこかやさしい表情をしていた
汚いもの、便所、オシッコ、ウンコ、マンコ、チンコにふれる時は、
みな、同じ顔してる
スイートで、ラブリーで、セクシーだと、オレは囁いてやった
ニンゲンを好きになったかもしれない

でも、ヤツらはゴキブリは殺すだけだ
オレは、便器にただよっていた
膿を出した
膿、海、生み、産み、うみ…
躰が浮いた
昔の女を思い出した
ベッドの中で彼女が微笑む時が、生きていていちばん、しあわせだった
オレは、町を離れるため、電車に乗っていた
窓から、はじめて夕雲を見た
五時間後には、海に着くだろう
冬の風にさらされた断崖に立ち、
海という名の、この世の便器の中へ
ダイブする

※初出：『ＲＵＳＨ』（リトルモア、二〇〇一年）

―豊田道倫を解体する一〇冊の本―

ある時、若い友人と街を歩いていて、普段行かない店に行こうやと、ちょっと危険そうなゾーンに行き、そこにあった一見普通の飲み屋、でも何かありそうな店に入ってみた。

意外にも店内は綺麗でこざっぱりとしている。カウンターには女の子が二人いた。どちらも可愛くて、普通っぽいが、スタイルが抜群にいい。韓国の女の子達だった。

自分と友人は瓶ビールを頼んだ。さっきの女の子が注いでくれる。チャージいくらかなと思いながら、飲む。

両隣におっちゃんがいて、「まあ、緊張せんと。リラックスして飲みいや」「この店、安いで。ぼったくりちゃうからなあ」と親しげに声を掛けてくる。

何か独特な風圧を感じたが、それには気づかないふりをして、若い友人と飲みながら、おっちゃんの指をこっそり確かめる。

女の子には「バクチしにきたんか？」などと話しかけられたが、聞こえないふりをした。ははあ、入ってはいけないところに足を踏み入れてしまったなあ、と思ったが、その場ではもちろんそんなこと言えず、適当にその場をやり過ごそうと決めた。

カラオケを勧められたが、歌わなかった。一曲一〇〇円らしい。女の子は客のおっちゃんと「TSUNAMI」を歌っていたが、能面のような表情で、声に感情はなく、棒読みのように歌っている。

つまみが出てきて、おっちゃんが「これ、いくらや？　またぼるんやろ」と女の子に軽口を叩いて、「うるさい！　だまっといて」と本気で怒られた。

もう片方のおっちゃんも「まあまあ、ゆっくり飲んでいけや」と、例の風圧を利かせながら親しくからんできて、女の子に「席、一個あけて！」と言われ、隅に追いやられた。女の子は妙に機嫌が悪く、おっちゃんも余裕をかましながらもどこか戦闘的で、一触即発な雰囲気だった。

店に出入りする客が露骨に札束を数えている姿や、女の子とおっちゃんのやり取りで、この店においては自分達のほうが「異色」なのはわかったが、すぐ帰るのも失礼だし、この何かが蠢いてる様子をもう少し見てみたいと好奇心も出てきて、もう一本ビールを頼んでから帰ることにしようと、若い友人にこそっと告げる。

とは言っても、結局何も起こらなかった。

帰りがけに、女の子に「今日はごめんなさいね」と何度も謝られ、「また遊びに来てくださいね」と笑顔で言われた。

料金は少し高いなと思うくらいだった。


久しぶりに未知の世界に触れて急に疲れが出たのか、その後若い友人とはチェーンの定食屋に入ってさっとめしを食って、別れた。さっきの店に入った時の顔は、「今まで見たことない顔してました」と彼に言われるほど、緊迫していたようだ。確かにそうだったかもしれない。

それでもその時間は楽しかったし、自分が試されている気がした。

そして、こういう時に物を言うのは、自分の経験や体験したことよりも、書物で得た知識の質量や所作かもしれないと思った。

他者の頭で書かれた文字をたくさん読むことで、未知の世界やひとと出会っても、本を読むようにして、その世界に浸ることができる。どんな場所、どんな人といても気持よくやり過ごせるのが知性を持ったひとだと思うから。

また、知らない店に入ってしまう気がする。

一〇冊の本

団鬼六『真剣師 小池重明』（幻冬舎アウトロー文庫、一九九七年）
黒岩重吾『飛田ホテル』（角川文庫、一九七一年）
宮本輝『五千回の生死』（新潮文庫、一九九〇年）
太宰治『グッドバイ』（新潮文庫、一九七二年）
風間一輝『不器用な愛』（角川文庫、二〇〇二年）
中島らも『アマニタ・パンセリナ』（集英社文庫、一九九九年）
本橋信弘『悪人志願』（メディアワークス、一九九九年）
吉川潮『月亭可朝の「ナニワ博打八景」』（竹書房、二〇〇八年）

チャールズ・ブコウスキー『死をポケットに入れて』（河出文庫、二〇〇二年）
倉科遼（原作）、和気一作（作画）『女帝』（芳文社、一九九七年）

―音楽の聴き方―

音楽を聴くのはもっぱらソニーの一〇〇〇円のイヤフォンである。え、なんでそんな安物で？　と言われそうだが、そこは察してくれよ、と。いや、やはり説明しよう。

この間《かん》何台も使っていたヘッドフォンがあるのだが、半年も持たずにすぐ壊れてしまうのと、他に欲しいヘッドフォンが見つからない。あっても高価すぎて手が出ない。それで、しばらくiPhoneのイヤフォンを使っていたが、それも壊れて、電気屋で適当に買ったイヤフォンを、もうずっと使っている。

ここまで安物だと音も悪いしレンジも狭いのだが、ずっとそれで聴いていると、この音がスタンダードになってしまい、特に不満はない。

時々、「やっぱりヘッドフォン買わな」とビックカメラやヨドバシカメラで色々な機種を試聴してみるが、ヘッドフォンの音色、癖は千差万別で、もうあとは気持ちの問題で、このデザインが好きとかこのメーカーが好きとか、これがモテるとか、そういう強い思い入れがないと優柔不断な自分はなかなか買えない。

家にいる時はパソコンをアンプとスピーカーのオーディオ・セットに繋いで聴いている。もう二〇年ほど前に父親が本を出した時の印税で小遣いをくれて、それで揃えたものだ。スピーカーは一度壊れたが、アンプは壊れていない。きっとこれからも使えると思う。

家では小音で音楽を聴いている。大きい音があまり好きではないからで、小さな音の方がよく聴こえるからなのだが、三〇歳の頃、はじめて同棲をした女性になんでこんな小さな音で聴いてるの？　と言われて、ひとと比べるとかなり小さいらしいということに気付いた。

ライブで演奏をする時は、下手な演奏をごまかすためと勢いづけのため、音量をなるべく大きめにしている。大きいと、ぼんやりして聴こえよくわからなくなるので、演奏もごまかしてしまう傾向にあるが、本当はよくないと思いつつもなかなか抑えられない。

それにしても、iPhoneを手にしてから、ふとカフェや公園で音楽を聴きたくなったらYouTubeで検索して聴きたい曲も聴けるし、もう、一枚のアルバムを熱心に聴き込むという時は来ないのではないかと思う。今では、なかば無理矢理一枚のアルバムを聴こうとしていて、本当に自分が楽しんでいるのかなと思う時もある。

ひとのライブを見ていても、メールやらTwitterやらで情報が入ってきて、こういう時は携帯の電源を切ればよいのだが、たかが「電源を切る」という行為も面倒くさくなって、そのままでいることが多い。

一枚のアルバムに惚れ込んで、聴きまくる。

そのこと自体が、段々「夢」になりつつある。

家のＣＤで聴かない物は、どんどん処分している。最終的に手元に一〇〇枚、いや、二〇枚もあればよいのではないかと思う。何度聴いても聴き飽きない、自分だけの名盤は。

その中に一枚でも自分のアルバムが入っていればよいが、どうだろう。

自分のアルバムを聴けて死ねたら、それまでの人生がどんな境遇だろうと、幸せに思うのではないかな。

布団の中で、安物のイヤフォンで聴いていたとしても。

一〇枚のアルバム
松山千春『起承転結Ⅱ』（一九八一年）
佐野元春『VISITORS』（一九八四年）
ブルース・スプリングスティーン『Born in the U.S.A.』（一九八四年）

プリンス『Lovesexy』(一九八八年)
マイ・ブラッディ・ヴァレンタイン『Loveless』(一九九一年)
ピチカート・ファイヴ『女性上位時代』(一九九一年)
ヤン富田『ミュージック・フォー・アストロ・エイジ』(一九九二年)
カーネーション『天国と地獄』(一九九二年)
想い出波止場『ブラックハワイ』(一九九二年)
ボブ・ディラン『Tempest』(二〇一二年)

―大阪滞在記［二〇二二年二月］―

一日目

新大阪駅に到着間近の夕方、大阪の街はいつもより明るく見えた。

単純に東京より陽が落ちるのが遅いからかもしれないが、車窓から小学校の子供達が校庭で思い切り元気よく走り回って遊んでいるのが見えると妙に郷愁にかられて、ひどく懐かしいような恋しいような思いになった。この街を出て、もう、一七年になるのか。

東京と大阪。何度行き来したのかわからないが、この、大阪に近づく時の気分、そして、新大阪駅のホームに立った時の気分はずっと変わらない。街の気温、臭気、音に、ほんの二秒くらいの感覚だが、ふっと倒れそうになる。東京にはいない別の生き物の中で、これから動くという覚悟を持って、歩く。

駅の改札を出てＪＴＢに行き、明日の宿を探してもらうが土曜日なので見事になかった。今回の大阪行きは急だったのでしょうがない。いつもは定宿に泊まっているのだが、やはりそこもいっぱいで、たまには先の見えないのもよいかもしれない、とあきらめた。

今回の滞在で、会いたい人に会って、行きたい街に行って、食べたいものを食べて帰ってきて、頭の片隅に残っていたことをつらつらと綴ってみようと思う。会いたい人達とのアポイントは一応とれた。

しかし、大阪に遊びに来るひとって本当に多いんだな。

御堂筋線を南へ。北の終点には実家があるが、今回は寄らない予定。土曜日の宿がなければ帰ろうかとも思ったが、母はその日遅くまで友人と遊んでいるらしく都合悪いと言われていた。先日、健診の結果が出て大丈夫だったので母も色々予定を入れているようだった し、孫の顔は見たくても親不孝のおっさんの息子にはさほど会いたくないのだろう。

行きの新幹線では、ブックオフで一〇〇円で買った太宰治の短編集『ヴィヨンの妻』を手に取って読んでいた。

読んだのは「父」「母」。この短編集は若い頃、手にしたことがあったけど、この作品は今回はじめて読んだ。死の直前に書かれたこの短篇集は他の「桜桃」も含め、家庭のことしか書かれていない。どれも筆致は親しみやすく洒脱さも感じるが、すべて日の下にさらけだしたような明るさから、これはかなり苦しかったんだろうなあ。家庭崩壊への罪悪感をこれほど率直に書いているとは思わなかった。だけど、そこに最後まで向き合って、命がけで書いていたからこそ、今でもどこでも買える作家になったのだと思う。

去年亡くなった友人の加地等は四〇歳で亡くなった。四〇になった時、「太宰より長く生きたし、もうええか」と言っていたという。気持ちはわかる。じゃ、おれはどうしたらいいんだよ。もうすぐ四三だぜ、ひどいもんだぜ、何してんだよ。四〇歳までの表現と、四〇歳からの表現はかなり大きく違う。

そんなことを思っているうちに、地下鉄は動物園前駅に着いた。

安宿へ投宿。フロントのお姉さんは綺麗なひとで、外国人のバックパッカー相手に英語で対応している。こういう時、英語学者の息子なのに殆ど英語を喋れない自分が急にみじめになったりする時がある。

部屋はシングルが埋まっていたので、ダブル。ダブルと言えば聞こえはいいが、実際は二段ベットが置かれていて、めちゃくちゃ狭い。パソコンを広げるにも机がないのでベッドの上で。

今夜は久しぶりに会う友人が二人いる。京都に住んでいるライターのYさんと、自分のライブのパシリなどやってくれていた舎弟の青年I君。そして自分の西成の立ち飲み屋でのライブをオーガナイズしてくれるTさんも一緒。

Yさんはずっと関東に住んでいたのだが、京都で結婚して、今は実に快適で幸せそうだ。I君は自分の札幌のライブに来てくれて、そのまま帰れなくなって野宿しているうちに年上の女性と出会い、しばらく同棲していたが、最近別れて実家のある大阪に戻って来た。今夜は近くのドヤに泊まるとのこと。

Tさんとは大阪に帰る度に遊んでいるが、いつも話は尽きない。保守的な自分と違って、色々なところに顔を出している。

男四人で焼き肉屋へ。

YさんとTさんは初対面だったが、かつて音楽ライターをやっていたYさんのことをTさんは知っていたので、早速同世代ならではの、ルー・リード、イギー・ポップなどの話を始めている。Yさんは彼らにインタビューしたことがあった。

「インタビュー読んだ時、ルー・リードは嫌な感じのやつだって書かれたと思うんやけど、本当はどうだったん？」

「いやー、嫌なやつでしたよ」

「やっぱり！」

と、TさんはYさんに色々きめ細かく聞いていて、盛り上がっていた。

I君とは彼が札幌にいた時もメールや電話でしょっちゅうやりとりをしていたが、何だか久しぶりに会っても、言葉が出てこない。お歳暮に北の珍味、お中元には立派な夕張メロンを送ってくれていた。

「元気そやん」

「いやー豊田さんも相変わらずキマってますね」

「どこがや」

「まだ、札幌、自分、ちょっと忘れられなくて」

「そやろ。でも、ちょっと大阪でゆっくりしや」

と、まるでムショから出て来たかのようにI君をねぎらった。彼は何気にお洒落で、今回も変わったキャップを被っている。ちょこっとずつでも見た目が面白い男は、やっぱり見どころがあると思う。

そういえば焼き肉は本当に大阪でしか食べなくなった。韓国に行った時、向こうで働く日本人に焼き肉はどこが一番おいしい？　と聞いたら、大阪ですよ、と言われたのを思い出した。

この店の大将は、僕がはじめて西成の立ち飲み屋でライブをした時、終わった時に、出口で泣きそうな顔で立っていて「今来たんですよー、もう、終わってしもうたんですか？」と言ってて、やっと仕事を抜け出して来てみたら終わっていたという。

一枚自分のアルバムを買ってくれていて、楽しみにしていたらしく「また来ますよ」な

ど と話していたらすぐ近くの焼き肉屋のひととわかって、そのまま打ち上げで行くことになった。

以来、ライブのあとによく行くようになり、今日もチヂミをサービスしてくれた。

店を出て、すぐ近くの飛田新地を冷やかす。今日も若くてすこぶる可愛い女の子達が座っている。まだ時間は早いので通りにそれほどひとは歩いていない。

何となく自然にその地帯に入ってしまったので、はじめて来るYさんは面食らって驚いていた。

最近、飛田新地に関する本が続々と出ているが、どれも実際にお客として楽しんでいるひとが書いたものではないと思う。内情は色々知ることが出来るが、それらを読む度、果たしてそれを知ってどうなるかという気がしている。

三、四年前に遊んだひととは、メールのやり取りをして何度か会いに行ったが、最近は行かなくなってしまった。単に自分にお金がないという理由だけで、本当は会いに行かねばと思っている。

会っていきなりお互い裸になり、性交をするという関係で、もちろんお金が介在する。世間からは「汚らわしい」と思われる空間かもしれないが、不思議なことに、こういうところでしか素直になれない時もあるし、そのことが生きていく上で大きな気もする。恋人や妻ではない他人の肌に触れて、自分を知るということがある。

「愛する」ということを知るには女を買わねばならないのか、とも思ったりする。

馴染みだったひとは、行く時に先に連絡しておくと、デパートで買ってきた靴下とかプレゼントを用意して待ってくれていた。

ある日行った時は、先に客が来ていて、通称やり手婆と言われているおばさんに、「えぇから上がって、待っとき」と言われて、一階の奥の部屋で待つことになった。

おばさんは、沖縄のひとなのか沖縄料理を振る舞ってくれ、テレビを見ながら食べた。おばさんは、「今上がってるのはじいさんでな。全然勃たへんから」と言った。待たせる客にはいつもこう言うのかなあと思ったりした。

飛田新地という異空間のすぐ近くに天王寺という大きな街があり、そこは最近再開発で急に栄えてきた。

ハルカスという超高層ビルが建設中で、これが出来たらこの辺りは変わってしまうのではないかと思う。巨大なビルがこの街を睨んでいるのは不気味だし、向こうの展望台からこっちが見えたりするのかな。そもそも、女性が通りに面して顔見せをしている風俗店が今も残っていることの方が異様なのかもしれないが。

そんなことを思いながら、釜ヶ崎に抜けて、西成警察署の近くのいつもの立ち飲み屋に入った。

ここにはじめて連れて来てくれたのはTさんで、三年前の正月だった。

その時は結婚していたのだが、夫婦の中では離婚が決まっており、ただ、最後の家族揃っての帰省では離婚の件は親には伝えないようにしようと決めていた。ひどく苦しい帰省だった。

一日くらいはと実家を抜けて、Tさんと遊ぼうと思ってこの店に来たのだが、賑やかで濃厚そうな雰囲気のようで、みんなそれぞれの思いとスタイルで飲んでいるこの店はなんというかお洒落だなと思った。お客の話す声のトーンが穏やかだから、賑やかだけどうるさくなかったし、家庭が崩壊しようとしている自分の心を、その空間はつかの間、癒してくれた。

そして、その一年後にライブをやらせてもらうようになった。お店のマスターはもともと音楽好きということもあり、ますますライブに力を入れるようになっていて、スペースを改装したり、近いうちに隣の物件も買って拡張するのだという。

深夜二時までやっているこの店は連日盛況で、あたりでも噂になっている。最近は木曜日を定休日にしている。

久しぶりに来たI君は知り合いに挨拶をしていた。はじめて来たYさんは店内を見渡して、「ロックバーみたいですね。西成、意外と普通に歩ける街ですね」と言った。確かに今日もライブが入っており、ミュージシャン的なひとが多くいるためか、西成の立ち飲み屋、というイメージとは少し異なるかと思う。

「でも、川崎の方のドヤ街とは違って、なんかちょっと明るい感じに思えるのはやっぱり大阪なのかなあ。川崎の方は荒んでますからねえ」とも言っていて、ぼくは西成以外の山谷や横浜、川崎のドヤ街は知らないのだが、規模は西成の釜ヶ崎が圧倒的に大きいことだけは知っている。

カウンターに入っている女の子でちょっと綺麗な子がいて、「また可愛くなった?」と軽口叩くと「豊田さんも少し痩せました?」なんて返されたりした。チューハイや、肉豆腐や、なんやかんや安いつまみを頼んだりして、ほどよく酔っぱらう。ある映画に出ていた元ボクサーがいたので挨拶したが、彼はひどく酔っていたようで覚えていないだろう。

この後、だんだん酩酊状態になり、ぐちゃぐちゃになりながらも、途中、ＪＲ新今宮駅前の馴染みのお好み焼き屋にいったん出て、さくっと食べて戻って来たり、京都までちゃんと帰れるのか心配しているＹさんを駅まで送ったりしたことは覚えている。飲み屋で誰かが女の子を口説くのを笑って見ていたりもしたかも。だんだん焼酎が回ってきて頭が痛くなり、あとのことは本当に覚えていないのだが、立ち飲み屋を出て、宿に向かう途中、なぜか最近出来たチェーン店の食堂で、きつねうどんを食べて出てきた舎弟のＩ君とばったり会って、宿までついてきた。

二日目

翌朝は七時前に目が覚めて、宿の一階の共同シャワーを浴びた。普段から飲んだ夜はあまり眠れないのだが、昨夜は変にうなされたり、わけのわからないことを叫んだりしていた。二段ベッドの下という変な圧迫感も寝苦しさを増長させた。

部屋に戻ってパソコンをいじくったりしたあと、チェックアウトの一〇時までちょっとは寝ようかとも思ったが、なんせその狭苦しい部屋にいるのが嫌で、九時過ぎにはＩ君に連絡してホテルに来てもらって、荷物は宿に預けて近くの喫茶店に行った。

その喫茶店は商店街の中にあり、向かいにとても気になる漬物屋があるのだが、そこで買ったことはない。

スポーツ新聞を手に取って席に着き、モー

ニングセット。ここはサンドイッチかトーストかを選べて、I君と共にホットとサンドイッチを頼んだ。

さすがに昨日お互いたくさん飲んだせいかあまり話しをする気分ではないが、ずっと北の大地にいたI君とあらめて西成にいるんだと思うと、妙な安心感があり、店内のBGMのゆるいハワイアンを聴いてると眠くなってくる。この店は、居心地の良さではこの辺りでは一番かもしれない。

いつだったかは午後コーヒーを飲んでいて、ふっと、うとうととして、ウェイトレスのおねえさんがコーヒーカップを下げにきてハッとして起きようかと思ったら、「ええよ、ゆっくりしててよ」と少し甘ったるい声で言われた。

まあ一回出よやと、I君と出て、辺りを歩いた。天下茶屋の方までぶらぶらと歩いて、また戻って、昨日の立ち飲み屋の隣の隣にある喫茶店へ。

ここはママがひとりでやってる店で、はじめて入った時、なんでこんな綺麗なひとがここにいるんだろうと思ってしまった。どんな時に入っても頭が冴えてしまうような静かな空間で、何年か前から時が止まっているかのようでもある。旦那さんが二年程前に亡くなったのだとひとに聞いた。それでもひとりで気丈に店をやっているママを見ながら、旦那さんとお店やってた時は楽しかったんだろうなあと思うが、今、ひとりで淡々とお店をやってるママの姿には、今まで出会ったことのない女性の色気と凄みを感じる。

また二人でモーニングを頼む。ここのはトーストで、ジャムを塗ってくれる。

店内は薄暗くて、基本BGMはないが、時々ママがラジオを掛けていたりする。前来た時はラジオからユーミンが流れていた。

ちょこちょこ話して、またモーニングを平らげて、店を出た。

それからいったん荷物を置いている宿に行き、ロビーでちょっとぼんやりしていた。いい宿だが、フロントにある小さなオーディオセットからはずっとユーロビートが流れている。朝から聞く音楽じゃないし、ピンサロにいるみたいやんとI君と笑う。

それでも外国人のお客向けの英語のガイド本などが転がっており、パソコンも三台設置されていて、ふと、ここがどこかの外国で自分も異邦人になったような気がしないでもない。

そういえば小学五年か六年の頃、久保田早紀の「異邦人」という曲が流行っていて、音楽の女性教師が授業でよく掛けたり、歌ったりしていた。子供ながらにいい曲だなと思っていたが、しばらくして聞いてみたらそんなに好きではないことに気づいた。音楽の授業はそんなに好きではなかったけど、菜箸かなんかで机を叩いてドラムの練習をしていた時、自分だけ足踏みをしているのに気づいて、あ、ぼくは音楽が好きなんかとちょっと恥ずかしくなったことを思いだした。

外は雨が小振りながら降ってきて、I君が近くの百均でビニール傘を買ってきてくれた。子供がつかうんか？　というくらい小さい傘だった。

いつの間にか昼前なので、ロビーの奥にあるちょっとした炊事場でカップラーメンを作って食べているお客さんもいる。何となく長期滞在者なのかなと思ったりする。こういう宿には色々なひとがいるが、フロントのスタッフは常に親切に対応していて、家庭的な雰囲気がある。

ここに連泊するのが楽なのだが、残念ながら土曜日曜はギチギチに満杯とのこと。で、今夜の宿は昨日悪い酔いした勢いでネットで取った大国町にあるホテルで、ツインで一五〇〇〇円だった。この値段だと西成で一週間は泊まれるが、シングルがないので仕方がない。大国町というのは、今いる西成と難波の間にあって、何かと便利ではある。

雨も降ってるし荷物にはギターもあり、I君とタクシーに乗って、今夜の宿に向かう。

一階がコンビニで、大浴場付きの、お洒落なのか安っぽいのかよくわからない感じのホテルだが、とりあえずチェックインの手続きをして、荷物を置かせてもらう。

I君と鶴橋へ行こうかと言って、難波まで歩く。鶴橋はコリアンタウンで、I君は札幌で付き合っていた彼女にキムチを送りたいと言う。

十分ちょっとで着いたが、地下街に出てから近鉄電車のホームまでかなり歩いた。大阪の地下街は本当に広い。東京の地下街ってたかが知れているが、梅田も難波もどんどん広がっていて、たまに歩くと目が回りそうになり、なかなか目的地にたどり着けなかったりする。

難波から鶴橋はすぐで、迷路のようなコリアンタウンをうろうろ歩いた。よく行くサムゲタン屋にでも行こうかと思ったが、I君は札幌から帰って、母親と韓国へ一週間行っていたので、まあ今日は韓国料理はいいかあと言って、ちょっと冷えてきたので立ち食いうどんを食う。東京ではまず立ち食いうどんは食わないが、大阪では隙あらば食べてしまう。大阪の味、というか、だしが全然違うので。

うどんを食べて、またうろうろして、I君

は札幌の元カノへキムチや化粧品を送り、僕はそこらのキムチ屋で珍しい山芋キムチの試食などをして、行きつけのお好み焼き屋に向かう。

この店にはじめて入ったのは、六、七年くらい前だろうか。おばちゃんはいつも元気そうだが、最近はちょっと老けたなとも思う。親しく言葉を交わす間柄ではないが、カウンターに座って、目の前でチヂミやお好み焼きを焼いてくれながら、「ひさしぶりやな」と言ってくれる。

I君と瓶ビールを飲みながら、チヂミを食べる。さっきうどんを食べたばかりだが、薄くて食べやすいチヂミはまだ入る。東京の韓国料理屋の無駄に高いチヂミと違って、本当においしい。ネギチヂミが三五〇円、キムチチヂミが四〇〇円だったか。

「韓国、お母さんとの旅行、どやったん?」

「いやー、やっぱり母親と一緒だと、ちょっときつかったですね」

「まあ、そうかもなあ」

「マッサージに一緒に行ったんですけど、隣のベッドに母親がいて。マッサージされながら、あー、うー、とうめいてる声がなかなか凄くて」

「聞きたくないよなあ」

と笑って、豚玉も注文する。五五〇円。お好み焼きも大阪でしか食べなくなった。おばちゃんが「卵いれるか?」と聞いてきて、はい、と答える。

ビールがなくなりそうになったら、さっと水を運んでくれたり、鼻をかんだティッシュをテーブルの端に置いてると、それもさっと捨ててくれたり、ほんの一瞬の所作にいちいち感激する。

そういえばおばちゃんは、前は「男前」と

言ってくれたが最近は言ってくれない。

ずっと前に女の子と来た時、自分がお手洗いで席を外してる間に、女の子に「あのにいちゃん、悪いひとやからな」とそっと入れ知恵みたいに冗談を言っていたのを思い出す。その子には「豊田さん、悪いひとなん？」と聞かれ、「悪いらしいけど、あなたの方が悪いから、ぼくの悪さに気がつかないのかも」と返すと、「ふーん」と言って、少し苦笑いしながらも、納得しているかのようだった。

チヂミ二枚とお好み焼き一枚を食べて、I君と別れて宿に帰った。昨晩あまり寝れなかったので、夜までの約束の間、少し休みたかった。

ツインの部屋はあまり落ち着かなかった。

今夜は二人の女の子と約束している。まず先に会うMさんは、よく考えたら二人で会うのははじめてかもしれない。

もともと元妻が仕事で出会った子で、その時、彼女は大学を卒業して、ある文学誌で賞を取って、単行本を出したところだった。

彼女は京都に住んでいたが元妻と連絡を取り合っていて、その頃、自分達の子供が産まれるところで彼女も出産に立ち会うことになり、僕と知り合った。それからは時々ライブを見に来てくれた。

とはいっても、会うのは三年ぶりくらいで、ちょっとドキドキしながら高島屋前でかっこつけて待っていたが、仕事が長引いた彼女はなかなか来なくて、でも、そういうのもいいなと思って立っていたら、小柄な彼女が現れ、「久しぶりやん」とちょっとぎこちなくにこやかに挨拶して、気になっていた近くのおでん屋に入った。

ライブも時々やっているというおでん屋

だったが、店はここでライブやるんだ、と思うくらい狭くて、でも、感じよくて居心地はよかった。

「彼氏も豊田さんに会いたいって、今日来たがってたんですよ」

「へー、うれしい。でも、来なくてええわ」

笑いながら言って、おでんをつつきながら、飲みながら、色々お互いの話をする。

出産に立ち会ってもらった、無事産まれた息子の写真を見せたりした。息子は五歳になった。

そういえば産まれて三、四ヶ月の頃、奈良でライブをやることになり、家族で奈良に泊まった。ライブが終わった後のホテルに、当時奈良に勤めていたMさんが遊びに来てくれた。その翌日、ホテルのモーニングのバイキングがやたら美味しくて感激したのと、奈良公園で母親に抱っこされてる息子が鹿に足の裏を舐められて、ふにゃーと泣き出したことを思い出す。

時の経つのは早いし、その中で色々な出来事があったが、Mさんははじめて会った時のように可愛くて、眩しかった。単行本は二冊出して、今は友達と作っているミニコミに文章を書いているようで、それをくれた。

近くに舎弟のI君が来て待機しているようなので、連絡して店前まで来てもらう。そして、店を出て、記念写真を撮ったりした。

「また、ライブが大阪である時は連絡するよ」

「はい！　いつも招待してもらってるんで、次はお金払って見にいきます」

「いやいや、いいよ」

そんな会話をして、京都に帰って行くMさんを見送った。

I君はMさんの可愛さにまいってしまった

ようで、「ぼくも京都に住みます！」と突然言い出したりした。

次に会うKちゃんとの待ち合わせまで、まだ時間があったので、I君と道頓堀のマクドナルドに入る。

Kちゃんはある飲み屋で働いていて、そこで知り合ったが、今日は別のバイトが入っていて、バイト終わった後に戎橋、通称ひっかけ橋で待ち合わせをしている。ひっかけ橋を待ち合わせ場所に指定してくる彼女は、センスあるなと思う。

地下の広いフロアでコーヒーを飲む。I君はレンタルで色々なCDを借りてきたようで、それを見せてもらう。彼は彼でなかなか勉強しているようだ。

「兄貴はいろいろな女の人と……。いいですね、たくさん女がいて」

と言うので、

「違うぞ。おれはただ、人生を語り合う女性がちょっと何人かいるだけやから。モテるとかは興味ないんよ」

「ほんとですかあ」

「まあ、ちょっとはモテるかな」

と言うと、彼はため息をつくので、「おれなんか四〇過ぎてボロボロなんやから。二〇代のおまえの方が一〇〇倍チャンスある」となか適当なことを言ってなぐさめた。そろそろ待ち合わせの時間なので、I君と別れて、ひっかけ橋にひとり向かった。

Kちゃんと入った店は、心斎橋筋から路地にちょっと入ったところにある店で、最近出来たらしいが、混んでいて少し待った。待っている間、店のメニューを見せてもらいながら、Kちゃんが色々説明してくれる。彼女はひとりで来ることもあるらしい。若くて元気で男前の店員さんと、楽しそうに話している。店内は狭いが、二階もあり、少し待ってたらすぐに空いた。

スタッフはみんな元気で挨拶もちゃんとしていて、飲む前から、この店は酒もごはんも美味いんだろうなとわかった。何よりお客さんが楽しそうに詰めかけているのを見てもわかる。

バイト先の飲み屋ではいつも髪を束ねているKちゃんが、今日は髪を下ろして、綺麗な服を着ているのを見ると、知らないひとといるようで、ほのかに興奮してくる。

ビール党のKちゃんはハートランド、自分は芋焼酎のお湯割りを頼む。つまみは適当にKちゃんがオーダーしてくれた。

Kちゃんはパッと見、大阪の女の子って感じがしたけど、実は関東出身だった。自分には大阪出身の女性の知り合いが殆どいない。大阪の女性はどうも苦手だ。口は立ち、金にはうるさくて、親や友達、地域性をやたら大事にしている。個人として付き合える感じがあまりしない。まあちょっとディストーション掛かった言い方になるけど。

東京にいる大阪出身の人間とどうも波長が合わないのは何でかなあと思う。男は一見大阪弁で元気で虚勢を張っているように見えるが、内面は大体弱っちい傾向で、逆に東京に来てる大阪の女は、とても逞《たくま》しく太刀打ち出来ない。

そういえば、半年前に浅草ではじめて見た月亭可朝の高座は、その型破りな人生のイメージとは正反対で、刺はなく、柔らかくて面白くて気持ちがよかった。相当の修羅場をくぐり抜けてきたひとならではの、勝負強さとしなやかさがあり、ふわっとした空気を作り、可朝師匠の近くにいたらいい匂いがするんではないだろうかと思ったほどだった。こういう大阪の男のひともいるんだなあと思った。

Kちゃんは関西に一〇年くらいいるので、街のことをよくわかっていて、色々な話をした。今日ここに来る前のバイトは暇だったそうで、ぼくの情報をネットで色々チェックしてきたらしい。恐ろしい。

「ブログ、随分前までさかのぼって読んでしまいましたよ。途中、空白の時期があったりして」

「よう見たね。もうやめるよ、あんなん」

「なんでですか。そうそう、奥さん、綺麗なひとですね」

「奥さんじゃないよ。前の奥さん、だよ。そんなん見んといてや」

「いやー、すぐネットで出てきますから」

「そか」

「息子さんの名前、そうへい君って、どういう字なんですか」

とかなんとか話しながらも、今日は自分のことよりKちゃんの勤めている飲み屋の話や、共通の知ってるお店の話、街の噂話が聞きたかったので、聞き役に回った。Kちゃんは、話が上手くて、何でも丁寧に説明してくれた。楽しいというより、有意義な時間だった。ビールしか飲まない彼女の頬は、赤く染まるとかなり女っぽかった。

自分が泊まっているホテルの近くにKちゃんの自宅はあり、帰りは一緒に歩いた。「もうちょっと飲みたいな」と言うKちゃんから微妙に誘われてるのを感じながらも、街に適当な飲み屋がなかったのでどこにも寄らなかった。零時を回れば、ミナミでも気の利いた店は閉まっているようだった。

並んで歩いている時、ときどき手がかすかに触れたが、その手を握ったりはせず、ホテルの前で明日朝が早いという彼女とは手を振って別れた。

案外臆病な自分は、部屋に帰ってからKちゃんにメールしたが、返信はなかった。

三日目

大阪三日目も同じ大国町ホテルのシングルが空いていたので予約した。荷物をいったんフロントに預けて外に出る。朝ごはんを食べに定食屋に行ったり、安カフェで時間を潰したり。Y子にメールして、午後会うことになる。しかしこの子はドタキャンが多いので、あまりあてにしていない。

ホテルに戻り、部屋に通してもうと今回の大阪滞在記を書けるところまで書き散らした。

今回ハードなことは何ひとつないのだが、慣れないところではあまり寝れなく、微妙に疲れが溜まってきている。もう、歳なのかな。段々疲れやすくなってきている。昨日も飲んで零時を回ると女の子を口説いたりする気力はなくなり、早く床につきたくなった。三〇代前半の頃はやたら元気で、朝方まで飲んで、口説いて、それから陽が白々と入ってくる部屋でやっとセックスをさせてもらったりしていた。アホだった。

Y子からメールが入って、ミナミへ自転車で向かっているという。思いのほか早い時間に会えるというので慌てて部屋を出て、待ち合わせ場所の喫茶店まで向かう。

そういえばY子は、大阪出身の子だった。出会ったのはもう一〇年くらい前で、とにかく可愛かった。自分のライブ会場で声掛けたんだっけ。

それから彼女は東京に来たり、母親の住んでいる南の島に行ったり、よく居場所を変えているのだが、今は大阪でひとり暮らしをしている。ところで、大阪では母親と娘が妙に仲が良く、いい歳してデパートに買い物に行く姿をよく見かけるが、彼女にはそういうべたついた感じはない。声も喋り方も優しいが、芯の強さをいつも感じる。

「元気かあ」

「まあ、なんとかかね。みーくんは元気そう。そうへいくんは?」

「今は東京だよ、元気だよ」

「そう」

昼間から喫茶店で会うのは何だか照れくさかった。久しぶりに会うY子は、少し太って、元気なさそうだったが、それでも本当に可愛かった。最近色々あったようで諸事情は大体把握しているが、そのことには触れず、しばし世間話をしていたが、どうにもお互いテンションが上がらないので、喫茶店は出て、千日前の立ち飲み屋に入った。

ビールを二杯飲むと、Y子の頬に赤みがさしてきた。

「やっぱり飲まんとあかんね、Y子は。アル中なんか、とうとう」

「ちがうわ」

と、言いながら酒は進む。Y子はほとんど食べない。自分は漬け物や串カツなど、ちょこちょこ頼んでしまう。東京に比べると、本当に何でも安いし、美味い。

まだ午後三時だというのに、日曜日らしく店は賑わっている。やっぱりいいなと思う。立ち飲みは酔いが回りにくい。大人の遊び場だと思う。東京にも立ち飲み屋は増えたが、こういう繁華街の中にあって、買い物したついでにふらっと立ち寄れる場所というのは本当にない。大人が呼吸しやすくなる遊び場がちょこちょこ用意されている、大阪のような街がやっぱり好きだなと思う。

離婚してしばらく経った頃、Y子は元妻と息子のところに遊びに行った。その時、納豆をねるところを息子が楽しそうに見ている写メールを送ってくれた。

「あの頃、みきさんも大変だったんやろね。でも好きなひといるって言ってはった」

「へー」

そんな話は聞いてなかったので、内心密かに衝撃を受けたが、自分もその頃は色々あった。離婚して、急激な環境の変化と家族を失った苦しみから恋愛にすがりつこうとしたがうまくいかなかった。その頃大阪で何日間かライブをやる時なんかは、前半と後半で別々の女の子が遊びに来ていたりしていた。

何度も大阪に帰ろう、もう東京はいいと思ったし、そんなことをあちこちで言ったりもしていたが、Y子にはいつも「みーくんは東京が似合うよ」と言われていた。そう言われてみると、大阪という街は、自分がたまに帰るから優しくしてくれる気がして。でも、本当の本当はおれは疲れてんねん。ただ、息子が東京にいるから東京を離れられないでいるだけや。そんなことをY子に言っても、「ふーん」としか言ってくれないだろう。

しばらくすると彼女は、一昨年亡くなった、大阪でミュージシャンのマネージメントやイベントのプロデュース、歌い手でもあったあべのぼるさんもよく行ってた西成の立ち飲み屋に行きたいと言い出す。

自分はおととい行ったばかりだが、この店が今の大阪の拠点でもあるので、すぐ行こうとなった。

いったん大国町の自分の泊まっているホテルにY子の自転車を置かせてもらってから、地下鉄で向かう。一駅ですぐ着く。

ほんの二日ぶりなのに、また西成に帰って来ると、懐かしい気持ちにもなる。繁華街のキラキラした街も好きだが、西成の煤で曇ったようなどんよりした空気の中から、時々ひどく澄んだ思考が生まれる感覚に、やっぱりこの街に惹かれているんだなあと、あらためて思う。

立ち飲み屋に入った。日曜日の夕方だが、それほど混んではいない。最近毎晩のようにライブをやっているが、今夜はないようで、のんびりした雰囲気が漂っていた。

とりあえず瓶ビールを頼む。Y子は「あべさんは、めざしが好きだった」と言って、めざしを頼む。

そう言えば、はじめてここにTさんに連れて来てもらった時、あべさんはひとりで飲んでいた。新年の挨拶をして、携帯でツーショットの写真を撮らせてもらった。当時、あべさんは肝臓がかなり悪くて、酒はドクターストップが掛かっていた。ミナミの店では、有名人のあべさんにはどこも酒を出してくれなかったが、この店ではずっと酒を出してくれていた。「酒、飲んだらあかんかってんなあ」と、いつだったかあべさんの話をした時にマスターが教えてくれた。この大らかさが西成だと思う。

先に連絡していたTさんは近所だったので、すぐ顔を見せた。Tさんの女友達も、ふらっと来てくれて、四人でカウンターに並んで飲む。

麻婆豆腐、水餃子、おでんなどを頼む。ど

れも一〇〇~二五〇円。Y子は相変わらず食べなくて、飲んでばかりだ。

あべさんが亡くなった時、Y子に電話をしたら、「淋しいけど、生きてても辛かったやろうから」と言っていた。Y子とあべさんは本当に仲が良くて、一緒にバンド組んでライブもしたという。バンド名は「うんこ」という。阿倍野育ちで軽妙洒脱でエスプリが利いたあべさんにしか、そのネーミングは付けられない。いや、でも見たかったたな、「うんこ」。

同じカウンターで、ちょっとかっこいい野球帽を被った眼鏡を掛けた青年が、無表情で一人で飲んでいる。野球帽も今はなき在阪球団のアニバーサリーの物で、やたらお洒落だ。学生かなと思ったが、日曜日の夕方に飲み来る感じと、顔つきから学生ではないと判断した。安い店だが、仕事をして、その金で飲んでいるという所作に貫禄を感じた。

Y子に、「あいつ、かっこいいな。ひとりで若いのに。渋くない?」と耳打ちをしたが、関心を示さなかった。もう酔っているのかもしれない。

Tさんは店の奥の方に知り合いを見つけ、カウンターを離れた。自分はなぜか急に手の間接に痛みを感じで、いったん店を出て、薬局に湿布を買いに行ったが、薬局はもう閉まっていて、コンビニで熱さまシートを買って、それを手に当てた。少しは痛みは和らいだ。

「みーくん、大丈夫なん?」とY子は妙に心配してくれた。心配されると、深刻な症状なのかもしれないとまた心配になってきた。「あかん、ちょっと調子悪いから、あんまり飲まれへん」と言って、途中からウーロン茶にした。

立ち飲み屋では特に会話がなくても、その

場をやり過ごして飲むのが粋と思うが、体調のせいか、だんだん辛くなってきた。会話も、もうあまり盛り上がる感じでないので、まだ二〇時くらいだったが、そろそろ店を出ようかと提案する。Y子も「あべさんに会えた気したから、もうええよ」と言った。

会計をしてもらって、四人で店を出る。

駅の方にゆっくり歩きながら、Y子が、

「野球帽の男の子、まーくんって言うねんて。さっき、彼が注文した時に女の子が、まーくん、塩でいい？　って聞いてたから」

「へー、そんな風に呼ばれてるのは、かなりの常連さんやんな」

なるほど、彼のお洒落な格好はあの店で飲むことを意識して着ているんだろうなと思った。西成のさりげない奥深さを感じた。自分みたいに友達や知り合いとわいわいと飲むのではなく、ひとりで淡々と飲みながらも、彼はとても楽しんで飲んでいるんだろう。

そういえば、舎弟のI君に電話したが出ない。札幌の生活から戻ってすぐに母親と韓国旅行、昨日一昨日と色々連れ回して、ダウンしているのかもしれない。

その時、自分達の前を歩くいかにも酔って千鳥足のおっさんを見つけたTさんが、「あ、Gさん！」と声を掛ける。

Tさんと知り合いらしいGさんは、「ん？」と振り向いて、その時、足が水溜りに入って、バシャッと泥水がY子のスカートに跳ねた。

「いやーっ！」

Y子は叫んだ。泥水は見事にY子のスカートに命中していた。

Gさんは、「うー、すまんのー」とぶつぶつ言いながら、足早に去っていった。かなり酔っていた。

Y子はTさんに「もう、なんであんなひと、声かけんのー」と怒った。

「まあまあ、Tさんも悪気ないねんからさ」と言ってみたが、お気に入りのスカートを汚されたY子は急に荒れてきた。そしてスカートに鼻を当てて「わー、なんか臭いやん!」と、半泣きになる。

Tさんは Y子がキレているのにもあまり動じなく、へらへらしている。こういうところが、Tさんいいなあと思う。若い頃にインドやあちこちを放浪してきた大きさを感じる。

「このままではすまんで!」

道の真ん中でY子はドスの利いた声で怒鳴った。ちょっと泣きべそをかきかけている。いよいよ酔いが回ってきたのか、地が出てきたのかよくわからない。

「そや、おれの泊まってるホテルにいったん来て、休んでさ。スカート洗って乾かしたら? 大浴場もあるし、泊まっていいから」

「また、みーくんはスケべなこと考えるしー」

「ちゃうちゃう。だって、早く洗った方がええやろ。おれ、手痛いしさ。はよ、寝るし」

「うー」

Y子の怒りはなかなか収まらない。ついに、路上にしゃがみこんでしまった。

ふと、死んだ加地等とあべさんが笑っている気がした。彼らが仕組んだいたずらだったのか。明るい月の下で。

「このままではすまんで!」

Y子はまた叫んだが、誰も相手にせず、駅に向かって歩いて行った。

大阪の街にいるんだな、と思った。

豊田道倫
『バイブル』
2010年
HAPPENING | HAPCD-001

01 街の底　02 長生きしたね
03 高相さん
04 真知子ちゃんのサラダ
05 炊飯器　06 豚バラ殺人事件
07 ちょっとだけの時
08 ガールズバー　09 僕の日々
10 おまんこちゃん　11 (無題)
12 君はドリーマー　13 反抗

豊田道倫&ザーメンズ
『アンダーグラウンドパレス』
2011年 | BUMBLEBEE RECORDS
BBCDE-043

01 シャンプーリンス　02 DJ 親心
03 ラマダホテル　04 コーヒーミル
05 西成、26時
06 泥酔の夜、抱擁の朝
07 BOYS DON'T CRY
08 ザーメンブギー
09 アンダーグラウンドパレス
10 エンディング

豊田道倫
『m t v』
2013年 | HEADZ
WEATHER058 | HEADZ173

01 少年はパンを買いに行く
02 抱っこ先生　03 桜空港
04 赤いイヤフォン
05 3丁目9番16号
06 ブルーチェア　07 幻の水族館
08 あいつのキス　09 オートバイ
10 The End Of The Tour
11 City Lights 2039　12 m t v
13 鈍行列車に乗って

［シングル・EP］

パラダイス・ガラージ
—
『I love you』
1998年 | east weat japan | AMDM-6258
01 I love you
02 1998(スーパーマーケットmix)

豊田道倫
—
『覚醒剤 EP』
2010年 | CD-R
01 覚醒剤　02 29000円
03 さようなら、おはよう
04 炊飯器(LIVE)
05 朝、書いた詩
—
『飲みくらべ EP』
2010年 | CD-R
01 飲みくらべ
02 あの子はメモ魔
03 ゴッホの手紙、オレの手紙(LIVE)
04 反抗(LIVE)
05 この夜(LIVE)
06 移動遊園地(LIVE)
—
『My Tokyo EP』
2010年 | CD-R
01 My Tokyo
02 TAXI DRIVER
03 トレーシーローズ
04 弱いカップル
05 飲みくらべ(LIVE)
—
『元気だよ EP』
2010年 | CD-R
01 元気だよ　02 コーヒーゼリー
03 結婚の理由
(LIVE@Naked Loft,7.10.2010)
04 7月24日
—
『虫たちのバラッド EP』
2010年 | CD-R
01 虫たちのバラッド
(LIVE@apia,10.13.2010)
02 コーヒーミル
(LIVE@7th Floor,10.14.2010)
03 仕事(LIVE@apia,10.13.2010)
04 アルバ(LIVE@apia,10.13.2010)
05 西成、26時
(LIVE@apia,10.13.2010)
06 星(LIVE@7th Floor,10.14.2010)
07 虫たちのバラッド
(LIVE@apia,10.13.2010)
—

『The End Of The Tour』
2012年 | HAPPENING | HAPCD-002
01 The End Of The Tour
02 赤いイヤフォン
03 ロボットの愛
04 あいつのキス

『幻の水族館』
2012年 | HAPPENING | HAPCD-003
01 幻の水族館
02 10年ぶりにさようなら
03 ミッドナイトFM
04 2011［Live at 六本木 Super Deluxe, 2011.1.28］

［DVD］

『豊田道倫　映像集II』
2005年 | HMJM RECORDS
HMRD-001

［オムニバス］

V.A.『Sweeter Than Suite』
1996年 | 東芝EMI |［パラダイス・ガラージ「レモンの恋」を収録］
—
『OKHOTSK PUNCH EP』
1999年 | BUMBLEBEE RECORDS
［パラダイス・ガラージ別名ユニット］

豊田道倫
『東京の恋人』
2005年｜HEADZ
WEATHER024｜HEADZ63

01 新宿　02 うなぎデート
03 いい湯〜YOU〜だな
05 RIVER　06 長い手紙
07 グッバイ・メロディー
08 35の夜　09 東京の恋人

豊田道倫
『東京の恋人 LIVE』
2006年｜HEADZ｜WEATHER026
HEADZ76［CD＋DVD］

01 Intro　02 僕は間違っていた
03 うなぎデート　04 恋ヶ窪
05 いい湯〜YOU〜だな
06 RIVER　07 長い手紙
08 グッバイ・メロディー
09 東京の恋人　10 新宿
11 35の夜　12 悪い夏
13 移動遊園地　14 深夜放送
15 夜のラヴ　16 宇宙旅行
17 アルバ

初回生産限定盤のみ
［DVD］
「東京の恋人 LIVE CUT」
［撮影・編集 カンパニー松尾］

パラダイス・ガラージ
『グッバイ大阪』
2006年
HMJM RECORDS｜HMRC-001

01 人生余裕　02 金沢の雨
03 期間限定結婚生活
04 西方くんの小話
05 おやすみ、ねずみくん
06 カフェテラス99
07 家族旅行の　08 移動遊園地
09 はじめてのチュー　10 霧の鶴橋
11 海を知らない小鳥remix
12 ギター・ロック　13 1995年5月4日
14 天気予報　15 踊り子へ

豊田道倫
『しあわせのイメージ』
2007年｜HEADZ
WEATHER032｜HEADZ106

01 夢のはなし　02 カップルシート
03 LIFE　04 飲みに行こうか
05 軽症　06 マイ・ラブ
07 小さな神様　08 90年代
09 8.11昼　10 雨がやんだ
11 このみ先生　12 ビスケットの歌
13 メール　14 サマー・ガール

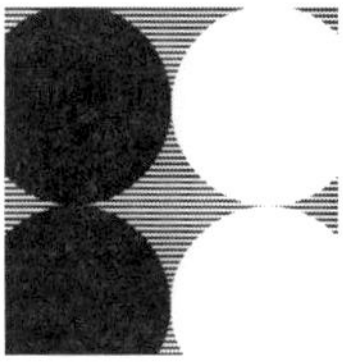

豊田道倫
『POP LIFE』
2009年｜BUMBLEBEE RECORDS
BBCDE-034

01 言葉はあきた　02 かくれんぼ
03 ふたりの場所　04 散歩道
05 夜のこころ
06 プレイボーイ・ブルー
08 まぼろしくん　09 五反田にて
10 ピース・ミュージック
11 POP LIFE　12 for you
13 14番ホーム　14 熱海にて
15 Star Fruits Surf Rider

豊田道倫
『ギター』
2009年
ROSE RECORDS｜ROSE77

01 8.11夜　02 ゆいちゃん
03 まぼろしちゃん
04 恋人でもなく友達でもない
05 夏の終わりの頃の明け方の雷
06 ドラッグ・ソング
07 僕らの言葉
08 愛するしかない
09 メリーゴーラウンド
10 14センチの靴　11 ミシシッピ
12 ファンヒーター　13 ギター
14 5:41

豊田道倫
『あんにょん由美香』
Original Sound Track
音楽｜豊田道倫
2009年
SPOPOLYRHYTHM RECORDS
SPR-001

01 ほんとうのはなし
02 ほんとうのはなし＃2
03 ほんとうのはなし＃3
04 追憶の街　05 追憶の街＃2
06 サマー・ツアー　07 ブリッジ
08 新しい仕事　09 新しい一日
10 さよならと言えなかった
11 ほんとうのはなし LIVE
12 ほんとうのはなし＃4

豊田道倫 with 昆虫キッズ
『ABCD』
2009年
MY BEST! RECORDS｜MYRD-5

01 熊谷36.4°
02 city lights 3000　03 夏まつり
04 真冬の劇場
05 FISH & CHIPS
06 戦争に行きたかった
07 そーへー
08 ゴッホの手紙、オレの手紙
09 チーズバーガー、コカコーラ
10 恋のアンブレラ
11 シーサーの夜　12 忘却マシーン

パラダイス・ガラージ
『ROCK DREAM』
1999年 | BUMBLEBEE RECORDS
BBCDE-003

01 確認の昼　02 ブルー・スカイ
03 16秒の夢　04 悪い夏
05 新宿目黒ラナウェイ
06 Forever Love　07 暗い夜
08 夏に向かって　09 21世紀の歌
10 ROCK DREAM

パラダイス・ガラージ
『愛情』
2000年
Oooit RECORDS | ORCA-0002

01 愛情　02 レイニー・デイ
03 土曜日の夜　04 砂嵐
05 海の町 山の町 川の町
06 スロウ・ダウン
07 抱いてくれたひと
08 LOVE HEART
09 ラスト・ナンバー

パラダイス・ガラージ
『BEST～
かっこいいということは
なんてかっこいいんだろう』
2000年 | Oooit RECORDS
ORCA-0004［CD］| Oooit RECORDS
ORCADV-0001［CD+DVD］

01 UFOキャッチャー
02 夏に向かって　03 レイニー・デイ
04 移動遊園地　05 仕事
06 16秒の夢　07 サマー・ソフト
08 Forever Love
09 City Lights 2001
10 I love you　11 友達のように
12 ラスト・ナンバー
13 海を知らない小鳥
14 セガドリームキャスト
「シェンムー体験版・笑う少女篇」
15 ☆☆☆☆☆スープ「シーフード
ドリア篇～シーフードチャウダー篇」
16 HAPPY-LOVE

［DVD］「映像集96－00」
［撮影・構成・編集 カンパニー松尾］

豊田道倫
『人体実験』
2003年
LITTLE MORE RECORDS
TLCA-1001

01 人体実験
02 この夜　03 ドライブ
04 コーヒーとマーマレイドティー
05 大人になれば
06 つめたい弁当　07 彼
08 東京で何してんねん
09 DOG DREAM
10 日本に生まれて良かった
11 夜のラヴ　12 32
13 逢いたい…　14 ロボットの女

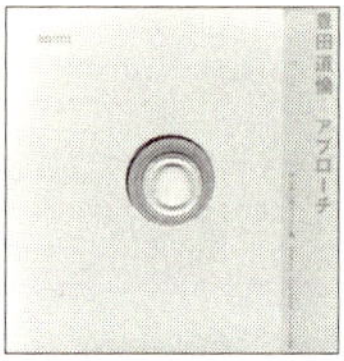

豊田道倫
『アプローチ』
2003年 | BUMBLEBEE RECORDS
BBCDE-019

01 Approach
02 Dr.yellow-Skyline
03 HUG ROCK
04 New Age　05 Winter Rose
06 Love of Night
07 Happy Work

豊田道倫
『実況の夜 スタジオライブ
IN ラジオたんぱ』
2003年 | BUMBLEBEE RECORDS
BBCDE-020

01 イントロダクション
02 僕は間違っていた
03 Forever Love　04 仕事
05 大宮杜喜子トーク①
06 ガールフレンド
07 早朝、女子アナの乳房に
触れて眠る夢を見る
08 キリスト教病院
09 大宮杜喜子トーク②
10 32　11 つめたい弁当
12 深夜放送　13 悪い夏
14 大宮杜喜子トーク③
15 この夜　16 一後説一
17 移動遊園地
18 ラジオたんぱ第一放送
(9月8日深夜)

豊田道倫
『SING A SONG』
2004年
HAPPENING | HAPCD-001

［disc 1］
01 雨のラブホテル　02 メロンパン
03 うどん、食べるか　04 男と女
05 宇多村美香　06 ATM
07 やっぱりオレはアホだった
08 東京ファッカーズ
09 あの汚くなった靴をあの子は
ひとりで買ったのだろうか
10 アルバ　11 34歳
12 グッバイ・グッバイ
13 抱きしめた　14 牛丼屋の女

［disc 2］
01 刺　02 NOVEMBER
03 ベンチ　04 恋人同士
05 10年前の僕　06 家族の肖像
07 ルイ・ヴィトン
08 人間よさようなら　09 星
10 恋愛　11 顔も身体もタイプだった
12 この街ではじめて友達が出来た
13 ギターソング
14 Vシネマ、カウンターで

パラダイス・ガラージ
『ROCK'N'ROLL 1500』
1995年｜TIME BOMB
BOMB CD-29
2008年［再発］｜HEADZ
UNKNOWNMIX7｜HEADZ118

01 beauty　02 blue³
03 Invention of solitude
04 チョコパ　05 五体満足
06 移動遊園地
07 Electric Kiss
08 隣人Bossa
09 LOVE on the beach
10 家族旅行
11 Telephone Candy
12 デート・クラブ　13 サマー・ソフト
14 海を知らない小鳥
15 ザ・ケンバン　16 コニカのユミカ
17 夢の渚　18 Kiss in the TAXI
bonus tracks［再発盤のみ］:
19 通天閣, 1994
20 Blue Valentine's Day

パラダイス・ガラージ
『奇跡の夜遊び』
1996年
TIME BOMB｜BOMB CD-32
2007年［再発］
HMJM RECORDS｜HMRC-003

01 UFOキャッチャー
02 レモンの恋　03 八月十九日
04 最近、眠る　05 メモリー
06 スーパーマーケットハニー
07 奇跡の夜遊び　08 泡踊り
09 最後のチュー
10 クレイジー・ラブ
11 愛と歩いて、町を行く

パラダイス・ガラージ
『ベッドルーム・ポップシンガー』
1996年
RAIL RECORDINGS｜STAP-0637

01 ベッドルームから愛をこめて
02 バーガー・ベイビー
03 ボールペン（in the U.S.A）
04 初恋のひとは近所に住んでいる
05 カーネーションならこんな毎日を
どんな風に唄うだろう
06 待ちぶせ　07 中学生
08 中学生（reverse〜1987）
09 あなただけに僕、
愛されたいのです
10 二月生まれ　11 人間

パラダイス・ガラージ
『豊田道倫』
1996年
RAIL RECORDINGS｜STAP-0641

01 やっぱりあいつは駄目だった
02 朝から晩まで
03 ボートに乗って　04 町の男
05 友達のように　06 高円寺
07 キス　08 仕事　09 東京湾
10 ラブソング　11 ファッションヘルス、
ガールフレンド、携帯電話
12 長い一日
13 見られたもんじゃないのよ
14 逃げる男　15 知らない権利
16 ありがとう　17 約束　18 髪型
19 天神橋筋六丁目
20 早朝、女子アナの乳房に
触れて眠る夢を見る
21 君とやるまで

豊田道倫
『sweet26』
1997年
RAIL RECORDINGS｜STAP-0645

01 sweet26　02 グッド・モーニング
03 10月の雨　04 愛の博士
05 キリスト教病院
06 新幹線で読む本
07 惚れた男　08 世界旅行
09 京都旅行

パラダイス・ガラージ
『実験の夜、発見の朝』
1998年
east west japan｜AMCM-4383
2010年
［12th Anniversary Deluxe Edition］
Warner Music Japan｜
FJSP-119,120［WQZQ-17/18］

01 僕は間違っていた
02 City Lights 2001
03 八月十四日　04 恋
05 青春の乱れ射ち
06 Tokyo Blood
07 ハッピー・タイム　08 深夜放送
09 誰も何も言わない
10 欲望のストーリー
11 中之島図書館　12 69
13 I love you
14 実験の夜、発見の朝
15 1998

12th Anniversary Deluxe Edition のみ
16 I love you（demo）
［DVD］「実験の夜、発見の朝」
もしくは90年代の豊田道倫および
パラダイス・ガラージの映像集
［撮影・構成・編集 カンパニー松尾］

あとがき

今回、この本を作る作業をしていて、ますます自分がわからなくなり、自分を嫌いになったり、ちょっと好きになったり、なかなか大変な作業だった。

本当、おれって何も成長してへんわあ、アホやんと、恥ずかしくなり、自殺しちゃおうかなあと思ったりしたけど、まだ元気に生きています。

友川カズキさんの歌詞集を作ったのが、まだ二〇代の佐々木康陽くんという編集者で、彼とははじめてか二回目に会ってた頃、「次、何やるん?」と聞いたら、「次は、豊田さんの本作りたいですね」と社交辞令（たぶん）を言ってきたけど、ぼくはそれを真に受けて、しばらくして連絡取って、何かやろうや、と声を掛けた。

当時、彼が所属していた編集プロダクション、カワイオフィスの社長、河合清さんに挨拶をして「こいつとつき合って下さい」と頭を下げられた。あの段階で、こういう本を作ろうと動いてくれた河合さんには本当に感謝しています。

版元へのプレゼンは自分は立ち会っていないが、本当に大変だったと思う。

そうして、晶文社からの出版が決まり、編集作業の半ばから、佐々木くんから晶文社の小川一典さんにバトンタッチして、本を仕上げることになった。

デザインは、ぼくのアルバムを一九九六年からずっと手掛けてもらっている山田拓矢さん。仕事の時しかやり取りしないが、山田さんと会う時は親戚に会うような雰囲気もありつつ、緊張する。

巻中グラビアは、梅佳代さんに。撮影は、新宿の喫茶店「西武」で待ち合わせして、ビジネスホテル、歌舞伎町、カンパニー松尾さんが働いてる原宿のハマジム、渋谷、最後は西大島の焼き肉屋と半日で動いた。たくさんいい写真があって、この本で使えなかった写真は自分の中で大切にしたい。素敵すぎる写真は、ちょっと泣けるから残したくない気もするね。

本を作っている時、死んだ友人たちのことをよく思い出した。彼らは本当に、音楽が好きだった。四人の名前を。加地等。bunこと西堀文啓。弓場宗治。平井美佐子。

アルバムを買って聴いてくれて、ライブ会場に足を運んでくれた人達へ、この場を借りて感謝したいです。みんなのおかげで、ここまで歌ってこれた。挫けることは一度もなかった。

自分の作品を出してくれたレーベルのスタッフにも。ありがとうございました。これからもよろしくお願いします。

何を持って、「自分の家族」とするかわからないが、最後に家族に感謝を。

もうすぐ六歳となる息子、想平に「最近のおまえ、生意気だよな」と言ったら、「うん、そうだよ。なまいきだよ」と返された。生意気な息子がいつか、何かにつまずいた時にでもこの本を読んで、おれのオヤジ、ふざけたやつだな、と笑ってくれたらいいなと思う。

『たった一行だけの詩を、あのひとにほめられたい』なんて、ちょっと大げさな感じもするタイトルは、「プレイボーイ・ブルー」の歌詞の中から。

大げさだけど、でも、それが本当のような、自分にとってはそれがすべてのような気がするの。誰かの小さな声に耳をすませながら、また、立ち飲み屋のカウンターで、おれは歌をつくることでも考えようかなと思う。いや、考えへんか。

声掛けてくれたら一杯奢る！

桜満開の頃、下目黒のモスバーガーにて。朝に

豊田道倫

著者について

豊田道倫［とよた・みちのり］

一九七〇年岡山県生まれ、大阪育ち。少年時代に聴いた松山千春に影響を受け音楽をはじめ、九〇年代前半より活動を活発化、大阪アンダーグラウンドシーンを中心に活躍。九五年に『ROCK'N'ROLL 1500』でデビュー後、現在に至るまで二〇数枚に及ぶ作品を発表。九〇年代中頃に東京へ進出して以降も旺盛なライブ活動を続け、様々なシーンを横断する「真」のオルタナティヴ・シンガーとして無二の存在感を放っている。二〇一三年三月、最新作『m t v』［HEADZ］をリリース。著書に短編小説集『東京で何してる？』［河出書房新社］がある。

たった一行《いちぎょう》だけの詩《し》を、あのひとにほめられたい
歌《か》詞《し》とエッセイ集《しゅう》

二〇一三年五月一五日初版

著者 豊田道倫
発行者 株式会社晶文社
東京都千代田区神田神保町一─一一
電話 （〇三）三五一八─四九四〇［代表］・四九四二［編集］
URL http://www.shobunsha.co.jp
印刷 株式会社堀内印刷所
製本 ナショナル製本協同組合

ISBN978-4-7949-6900-2 Printed in Japan